COLLECTION EDMOND TAIGNY

Vente les 6 et 7 février 1893

(HOTEL DROUOT)

CATALOGUE

DE

Peintures

ET

d'Estampes Japonaises

ERNEST LEROUX, ÉDITEUR

28, RUE BONAPARTE, 28

1893

Collection Edmond Taigny

ORDRE DES VACATIONS

	Numéros.
Lundi 6 février.	316-339
	228-288
	30-127
Mardi 7 février.	289-315
	1-29
	128-227

CONDITIONS DE LA VENTE

La vente est faite au comptant.

Les adjudicataires paient cinq pour cent en sus des en-
chères, applicables aux frais.

M. Leroux se charge des commissions des personnes qui
ne peuvent assister à la vente.

CATALOGUE

DE LA PRÉCIEUSE COLLECTION DE

Peintures & Estampes

JAPONAISES

FORMÉE PAR

M. EDMOND TAIGNY

QUI SERONT VENDUES

Hôtel des Commissaires-Priseurs, rue Drouot, 9

SALLE N° 7

Les lundi 6 et mardi 7 février 1893

A DEUX HEURES PRÉCISES

Par le ministère de Mᵉ MAURICE DELESTRE, Commissaire-Priseur
Rue Drouot, 27

Avec l'assistance de M. ERNEST LEROUX, Libraire-Expert
Rue Bonaparte, 28

EXPOSITION PUBLIQUE, A L'HOTEL DROUOT
Le Dimanche 5 février 1893, de 2 à 5 heures.

EXPOSITION PARTICULIÈRE, 10, RUE COETLOGON
Le Samedi 4 février 1893, de 2 à 5 heures.

PARIS
ERNEST LEROUX, ÉDITEUR
28, RUE BONAPARTE, 28

—

1893

En donnant à cette vente l'autorité de son nom, l'amateur
éclairé, qui a formé la belle collection dont nous publions le
catalogue, nous dispense suffisamment d'y joindre une longue notice. Tous ceux qui poursuivent avec intérêt l'étude de
l'art japonais n'ignorent pas que M. Edmond Taigny fut l'un
des promoteurs du mouvement qui nous porte aujourd'hui
vers cette partie de l'Extrême-Orient, si longtemps éclipsée
par les importations plus anciennes de la Chine, et demeurée,
jusqu'en ces dernières années, presque entièrement fermée
aux investigations de la science et de la curiosité européennes.

Le Japon n'avait été connu pendant le xviiiᵉ siècle que par
ses laques ou par des produits secondaires de sa céramique,
fabriqués à l'usage de l'Occident. Le secret de ses richesses
intimes ne nous a été livré que récemment. Ce peuple, si mer-
veilleusement doué, avait, durant des siècles, condensé, dans
ses limites fermées par les mers, son génie national, et s'était
tenu à l'abri de tout contact étranger capable d'en altérer le
principe et la tradition. Il n'a fallu rien moins que la révolu-

tion qui, en 1868, a bouleversé de fond en comble le régime social de l'Empire du Mikado pour que nous vissions sortir des demeures princières, des temples et des ateliers où elles étaient précieusement conservées, tant d'œuvres charmantes et délicates qui font aujourd'hui la joie et l'orgueil de nos collectionneurs parisiens.

M. Taigny avait donné à l'art chinois ses premières préférences ; mais la perte de sa collection, anéantie sous les ruines du quai d'Orsay, le laissait découragé. A la vue des trésors venus du Nippon, il sentit renaître en lui cette vieille prédilection qui le portait vers l'Extrême-Orient. Le Japon le captiva bientôt, avec sa civilisation primesautière, ses arts si alertes, si élégants, son génie industriel à la fois naturaliste et raffiné, toujours exquis, imprévu et animé d'une verve intarissable.

Bien avant que l'exposition, faite à l'École des Beaux-Arts, il y a quelques années, eut permis de jeter un regard d'ensemble sur les œuvres capitales de la chromoxylographie japonaise, M. Taigny avait commencé sa collection. Choisie avec un soin délicat, par un esprit plus charmé du caractère artistique des œuvres que soucieux d'une rareté de convention, celle-ci ne tarda pas à former un ensemble imposant. Aujourd'hui, elle groupe une série à peu près complète de l'art de la gravure en couleurs au Japon ; elle en synthétise en quelque sorte l'histoire ; presque tous les grands artistes y figurent, honorablement représentés, la plupart y ont des œuvres de premier ordre.

La collection offre, en outre, ce mérite particulier de refléter une tendance très personnelle qui s'affirme par la recherche toute spéciale des estampes où éclate, avec le plus de relief et le plus d'évidence, le prototype des maîtres primitifs, de ceux qui ont donné à la physionomie de leurs personnages, aux créations de leurs fantaisies, ce cachet de vérité, de fidèle observation de la nature et d'indéfinissable expression qui leur assigne un rang à part dans l'histoire comparative des beaux-arts.

Toutes les civilisations qui ont eu en elles le principe fécond d'une puissante originalité de race, à quelque latitude qu'elles appartiennent, ont des points communs de contact. C'est le sentiment de la vie, le souci de l'expression et de la physionomie humaine. Si les procédés diffèrent, le but est le même, et l'on peut reconnaître à ce signe certain : la préoccupation de la sincérité, l'étroite parenté qui unit les artistes de tous les siècles et de tous les mondes, en dehors de tout préjugé d'école. Pour être venus les derniers, les Japonais n'en tiennent pas une place moins importante dans l'art ainsi envisagé. Il appartenait à une époque éclectique comme la nôtre de faire entrer dans le domaine des études comparatives du génie des races cette suite de maîtres originaux, ces dessinateurs habiles, ces coloristes charmants, dont l'esthétique est toujours si intéressante, soit qu'ils puisent leurs inspirations dans les légendes religieuses ou guerrières, soit qu'ils peignent les scènes familières et les mœurs de leurs contemporains.

Nos peintres ont fait bon accueil à leurs confrères de l'Extrême-Orient. Certains, et non des moins illustres, n'ont pas dédaigné d'étudier leurs procédés, leur facture, leur coloris. L'influence japonaise a pu ainsi n'être pas étrangère au mouvement de transformation auquel nous avons assisté depuis quelques années. Plus ou moins à son insu la jeune école française a subi le charme de ces maîtres. Nous n'entendons pas dire qu'elle ait jamais abdiqué sa personnalité. Mais, au contact de ces œuvres nouvelles, pleines de vie et de lumière, elle a éprouvé des sensations qu'elle nous traduit, avec son génie propre, dans des toiles qui triomphent aujourd'hui aux Salons annuels et devant lesquelles s'ouvrent les portes de nos Musées.

Nous donnons plus loin une classification aussi rigoureuse que possible des maîtres de l'estampe et des principaux ateliers de gravure. On nous permettra d'y ajouter sur les écoles de peinture quelques notes sommaires qui pourront être utiles aux nouveaux collectionneurs. Nous les avons puisées dans les beaux livres de M. Anderson et de M. Gonse, dans le *Japon artistique* de M. Bing, et dans les ouvrages de MM. Duret, Appert et Metchnikoff, auxquels nous renvoyons les lecteurs curieux, les assurant qu'ils y trouveront autant de plaisir que de profit.

En terminant cette notice nous remercions M. A. Dumussy du précieux concours qu'il nous a prêté pour le déchiffrement des signatures et de son obligeante et infatigable collaboration dans la rédaction de ce Catalogue.

Ernest LEROUX.

L'histoire de la peinture au Japon peut se diviser en cinq grandes
écoles :

L'École Bouddhique,
L'École de Tosa,
L'École Chinoise,
L'École de Kano,
L'École populaire Oukiyo yé.

ÉCOLE BOUDDHIQUE

L'École Bouddhique est celle dont les œuvres sont le plus
anciennes. Elle fit son apparition au Japon avec les missionnaires
qui, au viᵉ siècle de notre ère, vinrent y prêcher la religion du
Bouddha. Éclos dans l'Inde, cet art avait passé en Chine, d'où
il se répandit sur le Japon et la Malaisie. Les moines, qui l'étu-
diaient et l'enseignaient dans les Bonzeries, le propagèrent sans le
modifier, sans altérer le caractère original qu'il avait emporté de
son berceau. Immuable, emprisonné dans des formules hiéra-
tiques, comme tous les arts religieux de l'Orient, l'art bouddhique
ne cessa de reproduire les mêmes types conventionnels, les mêmes
personnages sacrés, les mêmes légendes et traditions religieuses.

Le Bouddhisme, propagé par les Coréens au viᵉ siècle, reconnu
en 624 comme religion d'État, apportait au Japon les principes,
les procédés et les modèles d'une esthétique nouvelle ; il engendra
bientôt des œuvres importantes. La célèbre statue colossale du
Bouddha de Nara est fondue en 749. Un peu plus tard, en 808,
l'empereur Hei jô crée l'Académie impériale de peinture à la tête
de laquelle nous trouvons, au ixᵉ siècle, Kosé Kanaoka, dont
plusieurs œuvres subsistent encore aujourd'hui et dont un kaké-

mono fameux, représentant Dzi-jô, le dieu de la bienfaisance, fut exposé à Paris. Kanaoka et ses élèves furent les pl.s brillants représentants de l'art bouddhique au Japon. Ils lui imprimèrent même une certaine personnalité qu'on ne retrouve guère dans les œuvres qu'il a inspirées ailleurs. Après cet épanouissement, l'École Bouddhique va se perdre et s'étioler, se bornant à copier et à reproduire les modèles anciens, comme l'art byzantin, dans ces monastères de la Russie, où l'on continue à peindre des icones suivant la tradition antique. L'École vit toujours, les œuvres ne comptent plus.

ÉCOLE DE TOSA

Antérieurement au Bouddhisme, le Japon possédait un art national, dont l'histoire est restée, jusqu'à nos jours, complètement ignorée. A peine peut-on citer quelques noms, tel que celui d'Inshiraga donné par les historiens comme le meilleur peintre au ve siècle ; aucune œuvre de cette époque ne subsiste. C'est au xie siècle qu'un membre de l'illustre famille des Foudjiwara, Motomitsou, créa l'école qui porta le nom d'*École de Yamato*. Cette puissante famille ne cessa de protéger les arts et beaucoup de ses membres furent eux-mêmes des artistes renommés [1]. Au xiiie siècle, l'un d'eux, Tsounétaka, peintre fameux, qui était, en même temps, sous-gouverneur de la province de Tosa, jouit d'une si grande réputation, que le nom de Tosa fut substitué à celui de Yamato.

L'*École de Tosa* est la véritable école nationale du Japon. Étrangère à l'influence chinoise et ne s'inspirant que des traditions des vieux maîtres, elle se développa dans un milieu tout spécial, exclusivement japonais. Son style se distingue par un soin extrême dans l'exécution, par une grande finesse de formes, et une recherche excessive dans les détails. Son coloris est clair et brillant, avec des figures modelées dans une gouache épaisse, des noirs laqués, des ornements dorés. L'or est souvent semé à profusion sur les marges, sur les fonds, sur les gros nuages qui viennent s'allonger dans le haut et dans le bas de la composition. Les peintres de Tosa, comme d'ailleurs les primitifs de toutes les écoles, aussi bien en Chine

---

1. Cf. Metchnikoff, *L'empire japonais*.

qu'en Italie ou en Allemagne, représentent simultanément plusieurs phases d'une action. Certaines de leurs œuvres ont pu être comparées assez exactement à des miniatures indo-persanes; d'autres, exécutées sur un fond bistre, rappellent les vieilles détrempes byzantines. Mais, lorsqu'on les regarde de près, on reconnaît en elles un cachet bien particulier qui les distingue entre toutes.

L'École de Tosa, encouragée par les daïmiyos, fut, en quelque sorte, l'école officielle de la cour de Kioto. Les membres des plus hautes familles, les Koughés [1], grands seigneurs et artistes, ne dédaignaient pas, à l'exemple des Foudjiwara, de suivre ses leçons. On comprend aisément que ces peintres de la vie aristocratique méprisaient les sujets vulgaires. Ils aimaient surtout à reproduire les scènes historiques et légendaires, les fêtes et les danses de la Cour, les poètes fameux, les daïmiyos et les nobles dames dans leurs somptueux costumes; ils trouvaient aussi plaisir à illustrer les romans fameux, le Yamato, l'Isé, le Genzi-Monogatari. Ce sont là les sujets que l'on retrouve le plus fréquemment dans ces longs rouleaux, appelés *makimonos*, où le texte, en *hira-kana*, alterne avec les peintures, et, dans ces livres de présent que les personnages de la Cour avaient l'habitude de s'offrir à l'occasion d'un mariage ou d'un anniversaire [2].

L'École de Tosa compte plusieurs branches secondaires : la branche de *Kassouga*, qui tire son nom du temple de Kassouga, près de Nara, dont la décoration picturale date du xie siècle; la branche de *Takouma*, du nom de son fondateur, Takouma Tamenji (vers 1038); la branche de *Soumiyoshi*, fondée par Keion (vers 1200).

L'École fut florissante jusqu'au xve siècle; jusque-là, elle eut, en quelque sorte, le monopole de l'art; mais, à cette époque, le goût chinois l'emporta et pour Tosa la décadence commença.

ÉCOLE CHINOISE

L'influence de la Chine sur le développement des arts au Japon s'était fait sentir de bonne heure. Des peintres y étaient venus ensei-

1. Cf. Appert, *Ancien Japon*.

2. Voir, dans le catalogue Burty, la belle suite de peintures de Tosa décrites aux pages 3 à 10.

gner leur technique et leurs procédés. La civilisation chinoise, alors dans tout son épanouissement, émerveilla les Japonais et l'École Chinoise prospéra à ce point que, dès le xv⁰ siècle, l'école nationale de Tosa était, comme nous l'avons dit, dédaignée et méconnue.

Les Chinois apportaient à leurs voisins un art bien caractérisé. C'est un dessin graphique, enseigné non sur la nature, mais d'après certaines méthodes et certaines formules qui s'apprennent dans des livres. S'en tenant à ces règles conventionnelles, les artistes peignent sans se soucier des caractères distinctifs de la figure humaine; ils traitent leurs personnages sans s'occuper ni de l'anatomie ni des raccourcis, ils réservent toute leur habileté pour la représentation scrupuleuse des détails des vêtements, de la coiffure et des ornements. Leurs connaissances en perspective se bornent à la perspective linéaire. Ont-ils à indiquer plusieurs plans, ils les superposent jusque dans le haut de la composition. Coloristes habiles, ils dédaignent d'éclairer et de modeler leurs figures; mais, en revanche, ils savent rendre les plus délicats effets du clair-obscur dans leurs paysages. En ce genre, ce sont des maîtres de premier ordre; ils excellent également à peindre les animaux et les fleurs. Leurs défauts et leurs qualités influeront longtemps sur les écoles japonaises.

Les premiers peintres qui popularisèrent le style chinois furent Meitshio (1351-1427), qui avait d'abord appris son art à l'école de Tosa; son élève Jo setsou (fin du xv⁰ siècle) qui mêla d'une manière habile et délicate les traditions de sa patrie avec celles qu'il étudia au Japon; enfin Shouboun qui, dans le milieu du xv⁰ siècle, fonda une école spéciale qui porte son nom. Mais le plus grand artiste de l'École Chinoise au Japon fut Sesshiou (1420-1507), qui vint, en 1469, se fixer au temple d'Unkoju-ji, où il fut le chef d'une école qui compta bientôt des élèves illustres et qui prépara l'éclosion de l'école de *Kano*.

ÉCOLE DE KANO

Celle-ci fut fondée au milieu du xv⁰ siècle par Kano Massanobou (1453-1490), qui avait été l'un des élèves de Sesshiou. Ce fut la grande rivale de Tosa. Les Shogouns jaloux, eux aussi, d'encourager les arts, l'adoptèrent, en quelque sorte, pour leur peinture officielle, comme les daïmiyos avaient adopté l'école de Tosa. C'était l'époque où les relations étaient le plus intimes entre les Shogouns Ashikaga et la Chine, le moment où, dans ce dernier pays, la dynastie des Ming portait les arts à leur plus haut degré de splendeur. La jeune école s'enthousiasma pour le dessin cursif des Chinois, pour le coup de pinceau, pour le trait jeté à main levée. Aux gouaches de Tosa elle préféra cette opposition du blanc et du noir devant laquelle allait bientôt pâlir le prestige de l'enluminure. Peu à peu, l'École de Kano s'affranchit de l'influence chinoise, et bientôt, grâce à Tan you (1601-1675), à Naonobou 1607-1651) et à leur école, elle créa un art aussi national, aussi personnel que celui de Tosa, plus vivant aussi, sans toutefois abandonner son style académique et sans aller jusqu'à admettre le naturalisme indépendant de l'école vulgaire.

ÉCOLES DE KORIN, DE SHIJO ET DE TOBA

Ce sont trois écoles spéciales à peu près indépendantes des grandes écoles japonaises.

Korin (1660-1716) est le créateur d'un atelier que les historiens japonais rattachent, les uns à l'école de Yamato, les autres à celle de Kano ; mais, en réalité, c'est un artiste dont le style tout particulier ne ressemble à aucun autre. Korin, dit M. Gonse, est peut-être le plus original et le plus personnel des peintres japonais. Son dessin est toujours étrange et imprévu, expressif et vigoureux ; il désoriente au premier abord un œil peu exercé. Son coloris est harmonieux et hardi ; ses personnages et ses animaux, enlevés en quelques coups de pinceau, dénotent une science merveilleuse de la forme. Korin et ses élèves, Kenzan (1663-1744), Hoitsou (1761-1828), etc., furent les grands fournisseurs de modèles pour les laqueurs et les ciseleurs. Nous citerons encore dans cette école, To-nan (commencement du xixᵉ siècle), le peintre humoristique des tortues.

Okio (Marou-Yama) (1733-1795) fonda une école qui emprunta son nom de Shijo au quartier de Kioto où était son atelier. C'est le premier peintre japonais qui étudia sur le vif. Novateur hardi, il substitua au style conventionnel en usage avant lui l'étude directe de la nature. Il traça ainsi la voie à l'École Oukiyo-yé. — Gekkei, plus connu sous le nom de Goshin et de Yenzan, contribua aussi à la création de cette école. C'est un peintre au dessin net, élégant et d'une rare distinction. Les brodeurs de Kioto, dit M. Gonse, lui ont emprunté leurs plus beaux modèles. — L'École de Shijo est appelée aussi l'*école naturaliste* du Japon. Elle produisit des artistes illustres : Mori Sosen (1746-1821), le fameux peintre des singes ; Nan reï ; Kan zan, le peintre animalier ; To-yen, le peintre de fleurs et Yo-saï (1788-1878), l'auteur du *Zenken ko jitsou*, histoire illustrée des personnages fameux du Japon.

L'École de Shijo eut à lutter contre une branche rivale, celle fondée par Gankou (1749-1838). Celui-ci, qui avait étudié d'abord sous des maîtres chinois, subit ensuite l'influence d'Okio et s'illustra comme peintre de tigres. Parmi ses élèves on doit citer Bumpo qui fit graver et publier les œuvres de son maître.

L'*École de Toba* est la grande école de caricature au Japon. Le fondateur en fut Toba no Sojo ou Gakoutou, au xiie siècle. Le mot Toba-yé (litt. dessin de Toba) est devenu le substantif qui exprime l'idée de caricature et s'applique à toutes les productions de ce genre. La déformation des têtes, l'allongement invraisemblable des membres, l'exagération désordonnée des mouvements sont les caractères distinctifs de ces sortes de dessins. La caricature et la satire, genres si aimés des Japonais, devaient atteindre la perfection au xviie siècle, avec Hanabousa Itcho (1652-1724) et son élève Ippo. Le premier poussa même l'irrévérence si loin dans ses peintures qu'il fut exilé dans l'île de Hachi-jo. L'école moderne compte aussi de nombreux et puissants caricaturistes dont le dernier fut Kiosai.

ÉCOLE OUKIYO-YÉ

Vers le commencement du xviie siècle, Iwasa Matahei fondait une école qui devait éclipser toutes les précédentes. Ce fut l'*École Oukiyo-yé* [1] appelée chez nous l'école vulgaire ou réaliste. Cette école obtint immédiatement un immense succès ; elle répondait, en effet, aux aspirations et aux goûts de la foule, en choisissant des sujets qui lui étaient familiers, des scènes de la vie quotidienne. Méprisée par les artistes de Tosa et de Kano, elle n'en conquit pas

---

1. Du surnom d'Oukiyo donné à l'un de ses premiers artistes, Nishikawa Soukenobou.

moins la faveur du peuple. Sa vulgarisation fut d'ailleurs puissamment aidée par la gravure qui, après Moronobou, allait prendre une si grande place dans l'art japonais.

L'école vulgaire, sortie des entrailles mêmes de la nation, est, dit M. Gonse, l'expression populaire, et sans aucun mélange étranger, du génie japonais ; elle en est la forme la plus originale, la plus complète, celle qui nous fait pénétrer le plus intimement dans l'esprit du Nippon. Ses œuvres inspirées directement par la nature, par les scènes de la vie réelle, lui ont mérité le nom d'*Ecole de la Vie*.

Nous donnons ci-après, une classification des ateliers et des artistes de l'École Oukiyo-yé. Presque tous ces peintres sont représentés dans le Catalogue et leur nom est accompagné d'une courte notice biographique qui nous dispense d'entrer ici dans de plus longs détails.

ÉCOLE OUKIYO-YÉ

PREMIÈRE PÉRIODE

(XVIIe SIÈCLE ET PREMIÈRE MOITIÉ DU XVIIIe SIÈCLE).

Gravure en noir. — Gravure en couleurs à deux ou trois tons.

MORONOBOU.
LES TORI-I : *Kiyonobou. — Kiyomassou. — Kiyotada. — Kiyomitsou. — Kiyohiro. — Kiyotsouné.*
LES OKOUMOURA : *Massanobou. — Toshinobou.*
LES NISHIMOURA : *Shighénaga. — Shighénobou.*
LES NISHIKAWA : *Soukénobou. — Soukénori. — Tsoukioka Massanobou. — Tatshibana Morikouni.*
LES HISHIKAWA : *Toyonobou. — Toyomasa.*
LES HANABOUSA : *Itcho. — Ippo.*

DEUXIÈME PÉRIODE

(SECONDE MOITIÉ DU XVIIIe SIÈCLE).

HAROUNOBOU.
LES DERNIERS TORI-I : *Kiyonaga. — Kiyominé.*
BOUNTSCHO. — KORIOUSAÏ.
LES PREMIERS OUTAGAWA : *Toyoharou. — Toyohiro.*
LES KATSOUKAWA : *Shounsho. — Shounyei. — Shounko,* etc.
    Yeishi. — Yeisho. — Yeishin.
    Shuontscho.
LES KITAO : *Shighémasa. — Massayoshi. — Massanobou. —*
    Kikougawa Yeiʒan.
SHARAKOU.
TCHOKI.
OUTAMARO et ses élèves, *Shikimaro, Hidémaro, Shiko.*

TROISIÈME PÉRIODE

(XIXe SIÈCLE).

LES OUTAGAWA : *Toyokouni. — Kounisada. — Kouniyoshi. —*
    Kounitora.
LES ÉLÈVES DES OUTAGAWA. Les peintres d'acteurs et des scènes de
    théâtre (École d'Osaka).
LES PAYSAGISTES : *Hiroshighé.* — Les peintres de Meïshos.
HOKUSAÏ ET SON ÉCOLE.
LES PEINTRES DE SOURIMONOS : *Yanagawa Shighénobou. — Hokkeï.*
    — Gakoutei — Shinsai. — Keisai Yeiʒan. — Hokouba. —
    Hokoujiou. — Riousai. — Hokououn. etc.
LES PEINTRES HUMORISTIQUES : *Keisai. — Kiosai,* etc.

ESTAMPES ET PEINTURES

JAPONAISES

École Bouddhique

1. **L'adoration de Bouddha.** Superbe pièce peinte en or sur fond noir laqué. Encadrée sous verre.

Cette belle peinture, à l'aspect d'un couvercle de laque, est conçue dans le style hiératique que les pèlerins bouddhiques, apportèrent avec eux de l'Inde, en même temps qu'une religion nouvelle. Le style s'en est transmis pendant des siècles, et jusqu'à nos jours, immuable, dans sa forme primitive.

Le centre de la composition est occupé par un cercle formé de rayons d'or et supporté au milieu des nuages par un piédestal de fleurs de lotus.

2

Dans ce cercle qui symbolise le Ciel, la triade bouddhique et des sanctuaires fameux. Sur la terre, au premier plan, cinq personnages aux riches costumes, sont en adoration. Plus haut, un monastère, avec un moine en prière. Tout le dessin est au trait, sauf les visages gouachés de blanc, et les nuages gouachés d'or. Pièce fort rare.

2. Divinité bouddhique, assise sur un trône. Très belle pièce, à rehauts d'or, encadrée sous verre.

3. Un daimiyo, assis sur un trône. Derrière lui, un paravent à trois feuilles. Peinture sur soie, dans le style de l'école bouddhique. Belle pièce encadrée sous verre.

4. Peintures bouddhiques gravées au trait, avec un texte descriptif. 5 vol. in-8, gravures en noir.

Reproduction des principales statues de Bouddha et des personnages célèbres du bouddhisme, objets du culte, ustensiles des temples. Ouvrage précieux pour l'iconographie et l'histoire de la religion bouddhique.

École de Tosa

5. **Makimono** (1) **de l'école de Tosa** xviiᵉ siècle , peint par Tosa
Mitsou Souké, peintre de la Cour impériale de Kioto, fils de
Tosa Mitsou Nari (1675-1710).

   Suite de peintures à la gouache, sur papier jaune à semis d'or : sujets
variés. Une scène populaire ; dans le fond un grand chariot avec un bœuf
dételé et couché à terre. — Un Daïmiyo en costume de cour devant les
marches d'un temple. — Les plaisirs de la Cour, dames jouant au gô, seigneurs faisant une collation. — Le Mikado, entrevu derrière une draperie,
assiste à un concert exécuté par sept musiciens. — Deux Daïmiyos, en costumes à longues traines, se promènent dans la campagne. Au premier
plan, un arbre dans les branches duquel on voit un coq.

   Œuvre intéressante de cette école de Tosa qui a le mieux conservé les traditions des anciens maitres japonais et qui, encouragée par les Mikados
dont elle était l'école officielle, nous retrace les scènes de la vie aristocratique et seigneuriale, dans des peintures qui sont de véritables documents.
Le style en est, il est vrai, quelque peu conventionnel, d'un archaïsme
voulu, mais les œuvres sont toujours élégantes, toujours soignées, toujours
décoratives.

6. Les poètes et poétesses célèbres du Japon. 18 planches exécutées à l'aquarelle sur papier bistré et gaufré. En un album, cou-
verture en soie.

   Style de l'école de Tosa. Chaque portrait est accompagné d'une poésie
en hira kana cursif.

   (1) Voy. sur les *Makimonos*, Catalogue Burty, page 3.

École de Kano

TAN-YOU (1602-1674)

Appelé aussi Morinobou, un des plus célèbres artistes de l'école de Kano.

7. Deux paons, au plumage vert, sous un prunier en fleurs. Peinture de format carré, avec fond d'or, sur lequel coule un ruisseau d'un bleu foncé. Encadrée sous verre.

IKOU-NOBOU

Artiste de l'École de Kano, fin du xviiie et commencement du xixe siècle.

7 *bis*. Un oiseau sacré, au plumage blanc, volant dans les airs ; au-dessous, une branche d'arbre vert. Fond gris. Peinture sur soie, de format oblong. Encadrée sous verre.

—————

7 *ter*. Peinture à l'encre de Chine. Au premier plan, un gros tronc d'arbre sur lequel est perché un oiseau, qui se détache sur le disque de la lune. Au second plan, le cours sinueux d'un ruisseau, sous un léger brouillard. Encadrée sous verre.

École Chinoise

8. **Beau makimono sur soie, de l'école chinoise.** Longue série de peintures représentant les plaisirs des dames de la Cour, au milieu de parcs et de jardins.

Il est intéressant de comparer ces peintures de style chinois aux peintures des écoles nationales du Japon. Les sujets traités sont les mêmes, mais quelle différence dans le dessin et dans le coloris.

École

Oukiyo-yé

ou

ÉCOLE POPULAIRE

fondée à la fin du

XVIᵉ siècle,

par Iwasa Matahei.

———

PREMIÈRE PÉRIODE

(XVIIᵉ siècle et première moitié
du XVIIIᵉ).

Gravure en noir.

*Gravure en couleurs à deux
ou trois tons.*

D'après Korin, nᵒ 289 du Catalogue.

Moronobou.

Les Tori-i : *Kiyonobou. — Kiyomassou. — Kiyotada. — Kiyomitsou. — Kiyohiro. — Kiyotsouné.*

Les Okoumoura : *Massanobou. — Toshinobou.*

Les Nishimoura : *Shighénaga. — Shighénobou.*

Les Nishikawa : *Soukénobou. — Soukénori. — Tsoukioka Massanobou. — Tatshibana Morikouni.*

Les Hishikawa : *Toyonobou. — Toyomasa.*

Les Hanabousa : *Itcho. — Ippo.*

Hishikawa Moronobou.

Le créateur de l'école japonaise au xviiie siècle.

9. Scène pour l'illustration d'un roman. Gravure en noir, à deux
sujets superposés.

D'après Moronobou, n° 10 du catalogue.

10. Scènes du *Gen-zi mono-gatari*, illustrées par Moronobou. Un
volume in-8°, cart., 25 planches en noir, chacune dans un
encadrement circulaire, et, au-dessus, un texte de quelques
lignes en hira kana cursif.

Œuvre fort rare de Moronobou, gravée vers 1680. Le style, comme celui
du fameux *Isé monogotari*, de 1608, est de l'école de Tosa. L'exemplaire
est d'un bon tirage.

LES PREMIERS TORI-I

GRAVURE EN COULEURS A DEUX OU TROIS TONS.

Tori-i Kiyonobou.

Commencement du xviii' siècle. Il fut le créateur des estampes détachées, publiées d'abord sous le nom de *Yedo yé* (fin du xvii' et commenment du xviii' siècle), représentant les beautés célèbres et les acteurs fameux.

11. Scène de théâtre à deux personnages. Un homme tenant de la main gauche une lanterne et, de la droite, un parasol sous lequel il abrite une jeune femme debout derrière lui. Estampe étroite en hauteur à tons de cuir historié.

Superbe pièce peinte à tons laqués. Les estampes de Kiyonobou sont d'une extrême rareté.

Tori-i Kiyomassou.

Le successeur immédiat de Kiyonobou. He carried on the style and motives of his predecessor during the first two or three decades of the eighteenth century but did not add materially to the progress of the school. (Anderson, catalogue, page 388).

12. La marchande d'images. Une femme, portant sur son dos une caisse chargée de livres, présente des gravures à un personnage, en robe de cour, assis près d'un bouffon dont la tête rappelle celle du Pierrot de la comédie italienne. Estampe oblongue.

Planche en noir à traits vigoureux, coloriée en vert, jaune et gris.

13. Une dame de la cour, dans un ample vêtement à riche décor, est debout, lisant une poésie écrite sur une longue feuille de papier qu'elle tient à la main. Estampe en hauteur, coloriée à plusieurs tons, fond gris.

Pièce fort rare.

14. Une femme sur un pont. Elle est vêtue d'une robe décorée de grosses armoiries en noir et blanc et porte sur l'épaule plusieurs caisses empilées. Belle estampe étroite en hauteur, coloriée.

14bis. Scène de théâtre, à deux personnages, un Samouraï et une
femme accroupie devant lui, tenant sa pipette à la main. Estampe en hauteur, coloriée.

> Pièce remarquable et fort rare.

Tori-i Kiyomitsou.

> Fils de Kiyomassou, imita le style de Kiyonobou, vers le milieu du
> xviiie siècle.

15. Groupe de quatre portraits en pied. Œuvre intéressante, d'un
beau dessin, avec quelques rehauts d'un ton rosé sur fond
brun. Estampe en hauteur. Pièce rare.

Kiyohiro.

> De l'atelier des Tori-i, fin du xviiie siècle.

16. Un guerrier, sur un cheval noir. Il tient de la main gauche son
arc et agite un éventail de la main droite. Une troupe d'ennemis
à sa poursuite apparaît sur une colline. Belle estampe en
hauteur. Tirage ancien à deux tons.

17. Un acteur de *Nô*, dans un ample costume à dessins géométriques rouges. Estampe étroite en hauteur.

18. Un enfant, tenant un cerf volant, près d'une femme en robe
rose décorée de plantes marines. Estampe étroite en hauteur.
Belle pièce à deux tons, rose et vert, sur fond gris.

Kiyotsouné.

> De l'atelier des Tori-i, contemporain et condisciple de Kiyohiro.

19. Trois estampes en noir, représentant des jeunes femmes. Petites pièces en hauteur décorées d'armoiries.

20. Une femme couchée retient sa ceinture que tire à lui un personnage caché derrière un paravent. Jolie estampe d'un coloris
léger, de format étroit en hauteur.

21. *Dô-zi ga matsou*. Histoire d'un enfant nommé Marou-ko. Un
volume in-12, gravures en noir de Tori-i Kiyotsouné.

> Le volume est intéressant. On y voit une scène de hara kiri. Un homme
> s'ouvre le ventre. Son frère se tient derrière lui, le sabre nu, prêt à lui
> faire voler la tête, sa sœur se voile le visage. L'âme s'envole comme un
> léger nuage.

ÉCOLE DES TORI-I

22. Un acteur, en costume de guerrier, robe à décor de papillons,
tire de la main gauche son sabre. Estampe en hauteur, à trois
tons légers, rose, jaune et gris.

> Très belle pièce.

23. Un enfant se jetant au-devant d'un tigre aux crocs menaçants,
tandis que, derrière un arbre, on aperçoit la tête curieuse d'un
homme ; une cascade dans le fond.

> Estampe en hauteur, d'un beau dessin, aquarellée à la main.

24. Un homme, couvert d'un ample vêtement, un sabre passé au
côté, la tête couverte d'un linge est debout sous un torii.
Pièce de grand format.

> Dessin original. — Œuvre fort intéressante, avec des retouches dans les
> draperies, des essais de tons et des indications manuscrites. Les documents
> originaux, les dessins destinés à la gravure, se trouvent assez communé-
> ment dans les cahiers d'études des artistes du xixe siècle, mais ils sont
> d'une extrême rareté lorsqu'il s'agit de l'atelier des Tori-i et, en général,
> des artistes du xviiie siècle. Cette pièce présente ainsi une valeur artistique
> que double un intérêt de curiosité.

LES OKOUMOURA

Okoumoura Massanobou.

> Fin du xviie siècle.

25. Un daïmiyo en grand costume, assis sous un arbre. Gravure
en noir, à légers rehauts d'aquarelle. Estampe en hauteur mesurant 0,65 centimètres. Encadrée sous verre.

> Pièce rarissime, d'un dessin vigoureux, rappelant le style de Moronobou
> et la manière des premier Tori-i dont Massanobou était contemporain.

Okoumoura Toshinobou.

> Commencement du xviiie siècle.

26. Un personnage noble, chaussé de *geta*, armé de deux sabres et
couvert d'une superbe robe, ornementée de broderies et d'armoi-

ries, se tient debout, relevant un pli de son vêtement. Estampe étroite en hauteur, peinte à trois tons, jaune, rose, vert, sur fond gris.

LES ISHIKAWA

Ishikawa Toyonobou.

Élève de Nishimoura Shighénaga, mort en 1789.

27. Deux gravures en noir, de format carré. Jeunes femmes arrangeant des étoffes.

Pièces d'un joli dessin. Les femmes ont ce type gracieux, que bientôt Soukenobou adoptera et popularisera.

LES HANABOUSA

Hanabousa Itcho.

Le grand caricaturiste du xviiie siècle.

28. Trois personnages sur une barque, au milieu de laquelle est plantée une branche de sapin. A l'avant est assis un seigneur à la pose prétentieuse et à la mine arrogante ; à l'arrière le batelier ; au milieu un personnage grotesque fumant sa pipette en tapant sur un tambourin.

29. Les sept dieux du Bonheur traités en charge. Peinture à la gouache, sur fond jaune brun, style d'Hanabousa Itcho. Belle pièce de format in-4, oblong.

DEUXIÈME PÉRIODE

Harounobou.
Les derniers Tori-i : *Kiyonaga*. — *Kiyominé*.
Bountscho. — Koriousaï.
Les Outagawa : *Toyoharou*. — *Toyohiro*.
Les Katsoukawa : *Shounsho*. — *Shounyei*. — *Shounko*, etc.
   Yeishi. — *Yeisho*.
   Shountscho.
Les Kitao : *Shighémasa*. — *Massayoshi*. — *Massanobou*.
Sharakou.
Tchoki.
Outamaro et ses élèves.

Souzouki Harounobou.

Élève de Shighénaga. Il s'illustra surtout de 1764 à 1779. Artiste raffiné entre tous, il a mis dans ses compositions une grâce et une poésie qui lui assignent un des premiers rangs parmi les maîtres de l'art japonais. Il se consacra presque exclusivement à la peinture de la femme et créa un type charmant, au galbe élégant et délicat, que ses élèves et ses admirateurs imitèrent et popularisèrent pendant un demi-siècle. Au contraire des Katsoukawa, on ne trouve dans son œuvre presque aucun de ces portraits d'acteurs si fort en vogue près du public de l'époque.

3o. Jeune femme rasant la nuque d'une fillette accroupie à ses pieds. Jolie composition dans un intérieur élégant avec ses parois d'un bleu gris décorées d'arbustes en fleurs, son plancher d'un ton verdâtre, et, dans le milieu, un grand Tsouitate à ciel jaune représentant des moissonneurs auprès d'un temple aux toits rouges. Belle estampe de superbe tirage, en format carré.

31. Scène à trois personnages. Dans un intérieur, aux parois grises décorées d'armoiries, une jeune femme accroupie se laisse arranger la chevelure par un enfant en robe rose, tandis qu'une autre femme debout contemple cette scène.

> Estampe fort remarquable tant par sa coloration aux tons brillants et son superbe tirage que par son dessin et la grâce de la composition. La femme à genoux, les yeux fermés, la tête penchée dans un joli mouvement de madone est exquise.

32. La lecture. Jeune femme, en robe rose avec ceinture bleue, lisant un long rouleau de parchemin qu'elle déroule : sa servante l'écoute, appuyée de la main gauche sur un balai, la main droite portée à son menton, dans un geste d'attention très naturel. Intérieur avec une étagère supportant un vase de fleurs, près d'une baie à treillis. Estampe de format carré.

33. Le puits. Un couple, amoureusement enlacé, près de la margelle d'un puits qu'ombrage une vigne. Jolie estampe carrée à tons délicats.

34. La cueillette des fleurs. Deux jeunes filles dont l'une se penche et cueille des fleurs. Estampe carrée à fond gris.

35. Les sapins. Une jeune fille accroupie montre du doigt une tige de sapin à sa compagne debout, la tête couverte d'une ravissante mante rose, à grands décors gris et vert. Terrain jaune avec des pousses de sapin se détachant sur le fond d'un gris jaune. Estampe carrée d'une charmante tonalité et d'un tirage remarquable par la fraîcheur et la finesse du coloris.

36. L'averse. Un jeune prince suivi d'une femme qui tient au-dessus de sa tête un large parapluie.

> Planche à tons délicats rose et mauve pâle, que font ressortir le jaune clair du sol et le jaune vif du parapluie.

37. Les nénuphars. Un grand étang jaune au milieu duquel s'épanouissent des nénuphars aux fleurs rouges, aux larges feuilles vertes, et, dans le milieu de la composition, un pont cir-

culaire à la charpente grise et deux femmes se penchant vers l'eau en agitant leurs éventails. Dans le haut, un ciel rose.

Estampe d'un tirage très soigné.

38. Les moustiques. Une jeune femme agite son éventail pour chasser des moustiques volant au-dessus de sa tête. Un homme assis sur un banc suit son mouvement. Terrain gris, près d'une rivière avec des roseaux.

Précieuse épreuve de premier tirage à tons finement lavés dans la gamme des roses.

39. Les canards. Deux personnages, la tête couverte d'une capeline noire et abrités par un large parapluie contre la neige qui tombe, regardent des canards les uns nageant, les autres couchés sur un petit rocher blanc de neige.

Admirable estampe d'une douce tonalité où les gris, les mauves, les verts et les bleus se fondent harmonieusement, mis en valeur par le noir des capelines et le rouge brun d'un pan de robe au premier plan.

40. Un homme, accroupi derrière une palissade, tient de la main gauche un grand parapluie fermé ; à l'horizon la mer et une île à la bizarre silhouette. Estampe carrée.

41. Jeune fille nouant sa ceinture en marchant. Le corps, balancé dans un mouvement gracieusement ondulé, se laisse deviner à travers la transparence des draperies aux plis flottants. Près d'elle, un banc de bambous de couleur verte, terrain jaune et ciel gris.

Très belle et très intéressante estampe. Le nu, entrevu sous les draperies décorées de fleurettes blanches, est rendu avec une habileté incomparable. C'est un double chef-d'œuvre et pour l'élégance du dessin et le charme du coloris, et pour les difficultés qu'il y avait à vaincre afin d'obtenir un effet que peu de peintres japonais ont essayé.

42. Le palanquin. Une jeune femme, assise dans un palanquin, s'apprête à allumer sa pipette ; sa compagne lui présente l'amadou enflammé. Terrain jaune et ciel gris avec un arbre au feuillage décoratif. Belle estampe à gaufrures en tirage à tons brillants.

43. Deux guéshas près du pilier rose d'un torii. Jolie pièce en hauteur, format peu usité chez Harounobou. Coloration à tons fins.

44. Le pêcher fleuri. Une femme, grimpée sur une balustrade d'un rouge vif, tire à elle une branche de pêcher en fleurs, tandis qu'une autre la regarde accoudée sur une lanterne. La scène se détache sur un fond noir coupé par le cours sinueux d'un ruisseau. Belle estampe à tons vifs.

45. Scène maternelle. Une jeune femme appuyée sur l'épaule d'un enfant à qui elle tend un rouleau d'écriture. Sur le fond uniformément gris, un grand Tsouitate décoré d'un perroquet à l'encre de chine.

Charmante estampe étroite en hauteur. L'enlacement de la mère et de l'enfant est d'un joli mouvement, plein de tendresse et de sollicitude. Le coloris n'est pas moins gracieux, avec ses tons du rose, du jaune et du bleu le plus fins.

46. La sortie nocturne. Un *Kago* porté par deux hommes et escorté par une foule de serviteurs, traverse une rue de la capitale.

Estampe en largeur, de précieux tirage. Les personnages, au nombre de quatorze, se détachent sur le sol noir de la rue. Leur groupe est intéressant : les porteurs de lanternes et les Kagoyé en robe verdâtre, les cuisses nues, les Samouraï en robes à pois, le sabre passé à la ceinture, l'homme portant les parures et les bijoux dans une grande boîte couverte d'une étoffe rouge à armoiries, les suivantes avec leur coiffure rappelant nos petits bonnets bretons, tout cela est animé d'un beau mouvement, c'est une scène de la vie japonaise prise sur le vif. Cette estampe, outre son mérite artistique, mérite encore l'attention comme fort rare et peut-être unique, en son genre, dans l'œuvre d'Harounobou.

47. La Promenade. Un jeune homme, la tête couverte d'une capeline noire, accompagne, dans la rue, une jeune femme en robe mauve à dessous roses. Estampe en hauteur, mesurant 0m70c.

Composition gracieuse, d'un charmant coloris. Les œuvres d'Harounobou dans ce format sont, on le sait, d'une extrême rareté et comptent parmi les chefs-d'œuvre du maître.

48. Paysage d'hiver. Près d'un saule, au tronc couvert de neige, marchent deux personnages abrités sous un large parasol de couleur jaune : une femme élégante dans son grand manteau blanc rejeté sur sa tête, et un homme, un acteur, en belle robe noire doublée de rouge. Très belle estampe d'un remarquable tirage.

LES DERNIERS TORI-I

Tori-i Kiyonaga.

Seconde moitié du xviiiᵉ siècle. Un des artistes les plus personnels du
Japon, et l'un de ceux qui, rompant avec le style conventionnel des écoles
primitives, ont su le mieux donner la vie à leurs personnages et les faire
agir et se mouvoir dans des paysages étudiés sur nature. Ses estampes sont
aujourd'hui parmi les plus recherchées des amateurs, et c'est justice.

49. La Promenade du lion de Corée. Huit enfants, agitant des
éventails et des lanternes rouges, portent sur leurs épaules le
lion de Corée sous sa forme traditionnelle. Belle planche : les
costumes noirs, dentelés de jaune, du groupe d'enfants produisent un effet curieux.

50. L'averse. Trois jeunes femmes sous des parasols. Pièce à tons
légers où la superbe robe noire du milieu se détache en vigueur.
Fond gris à rayures légères indiquant la pluie qui tombe.

51. Scène de théâtre. Une femme debout, tenant à la main un long
bâton, se détourne vers un homme agenouillé qui porte sur son
bras gauche un enfant. Fond gris avec des chrysanthèmes.

Belle épreuve à tons brillants dans la gamme rose.

52. Une dame de la Cour, en superbe costume rose et blanc, se pro-
mène nonchalamment, un éventail à la main, près du lit sinueux
d'un ruisseau.

Le dessin d'un archaïsme voulu, et rappelant celui de l'école de Tosa, est
bien en harmonie avec le coloris où les roses et les verts se marient dans
des tons apaisés de la plus grande délicatesse.

53. Scène à trois personnages : un homme assis sur un banc entre
une jeune femme debout et un enfant accroupi. Le groupe se
détache sur un terrain jaune s'élevant en monticule; des arbres
en fleurs forment le fond.

A noter la transparence du surtout noir de l'homme à travers lequel on
distingue son vêtement gris à pois.

54. La danse du singe. Un singe, en belle robe rouge, danse sur un
bateau décoré de lanternes : derrière lui un orchestre composé

d'un homme et de trois femmes. Sur le devant, trois personnages dans des barques. Estampe de grand format.

55. Danse noble. Une guésha, en robe rose avec de larges manches, sur lesquelles sont brodés des pélicans aux ailes éployées, exécute une danse noble; elle tient de la main gauche un long sabre. Au-dessus de sa tête sont des draperies décorées de grosses armoiries noires. Estampe étroite, en hauteur.

Pièce d'une élégante tonalité où les roses du costume et le gris des fonds sont mis en valeur par des touches d'un noir vigoureux.

56. Deux jeunes femmes et une petite fille, sur un joli fond de paysage terminé par un arbre au feuillage rose.

Pièce charmante à tons d'une extrême élégance; le costume de la petite fille noir et rose est ravissant. Estampe de format carré.

57. La déclaration. Un homme, en robe grise à surtout noir, se penche vers une jeune femme assise sur un lit près d'une fenêtre. Une autre femme s'éloigne en jetant un coup d'œil en arrière et en se cachant le bas du visage.

L'homme ressemble à un de ces portraits que peindra bientôt Outamaro dans ses scènes d'amour et dont le type est presque uniforme.

58. Trois jeunes femmes et un enfant près d'une cloison, à côté de laquelle on aperçoit des bambous.

59. La fête des enfants. Un cortège comprenant une quarantaine de personnages défile, entourant une sorte de dais porté par plusieurs hommes et sur lequel est assise une jeune fille, la reine de la fête. Devant, une foule joyeuse et des enfants portant une lanterne; derrière, un autre dais avec des guéshas jouant de divers instruments, tambourins, flûtes, shamisen, etc. Tout ce groupe, aux costumes roses et noirs, forme le bas de la composition; le second plan est occupé par une longue colline dont le terrain jaune, piqueté d'arbres verts, s'étend jusqu'à l'horizon où se profilent les constructions d'une ville et les arbres d'une promenade publique.

Superbe triptyque. Kiyonaga montre là toute son habileté à peindre le mouvement des foules, le groupement des personnages, les expressions variées des physionomies. Comme coloris, l'estampe donne la sensation d'une gravure de Debucourt.

60. La Cueillette. Sous un arbre en fleurs, trois jeunes femmes;

l'une se baisse pour cueillir une herbe, la seconde se penche vers elle, tandis que la troisième regarde en arrière. Grande estampe en hauteur. Encadrée sous verre.

Œuvre intéressante du grand coloriste. Sur un terrain d'un vert jaune et sur un ciel gris d'une teinte harmonieuse, se détachent avec vigueur les étoffes des robes. Leurs tonalités roses, vertes et mauves sont mises en valeur par la robe de la femme penchée au premier plan, dont le noir puissant est piqueté d'armoiries et de fleurettes blanches.

61. Groupe de trois jeunes femmes en promenade. Celle du milieu, en robe mauve décorée de chrysanthèmes, agite son éventail au-dessus de sa tête. La troisième est vêtue d'une robe noire d'un ton superbe, avec une large ceinture rose. Fond gris léger. Enca-drement sous verre.

Une de ces belles pièces de grand format si recherchées aujourd'hui et si remarquables par l'harmonie et le charme de leur coloris.

Tori-i Kiyominé.

Peintre du commencement du xix° siècle. Ses estampes rappellent le style d'Outamaro.

62. Un enfant et une jeune femme accroupie, en costume mauve et rose, à riche décor de chrysanthèmes. Estampe de format carré sur fond gris; tirage à tons fins.

IPPITSOUSAI BOUNTSCHO
Peintre de la fin du xviii° siècle. Il florissait entre 1760 et 1780.

63. Une femme debout contre une clôture de jardin. Elle tient, de la main gauche. un oiseau dans sa ceinture et soulève, de la main droite. un bonnet de philosophe chinois. Estampe de format oblong en hauteur. Tirage à deux tons, vert et rose.

Belle pièce en tirage à tons éteints.

64. Jeune femme accroupie, écrivant sur un long makimono. Der-rière elle, une claire-voie peinte en rouge. à travers laquelle on aperçoit trois personnages. Dans le fond. le ciel noir.

65. La femme au chien. Une jeune femme debout. les jambes nues, les vêtements flottants, se retourne vers un petit chien couché

près d'un paravent. Jolie estampe en hauteur, tirage à tons délicats.

Pièce intéressante montrant comme certains artistes japonais comprennent le beau dans le nu en poussant jusqu'à l'exagération la finesse des attaches, la gracilité des formes, surtout dans le dessin des jambes et des mains.

Foudjinobou.

66. Une jeune femme, à demi-nue, rattache les cordons d'un grand peignoir qu'elle vient de jeter sur ses épaules, derrière elle un paravent avec deux perroquets sur une branche.

Belle pièce en hauteur à deux tons rose et vert dans le style de Bountscho. Très rare spécimen d'étude de nu dans les estampes de cette période.

KORIOUSAI

Contemporain et émule de Bountscho, un des maîtres les plus originaux et les plus élégants du xviii° siècle. Ses estampes, peu communes, sont de plus en plus recherchées. Elles sont fort agréables, en dépit, peut être même à cause d'un certain maniérisme qui s'accuse, par exemple, dans l'effilement exagéré des doigts, dans l'allongement des paupières mi closes, rappelant la manière d'Harounobou. Sa coloration, réduite à quelques tons, généralement d'un tirage assoupi et harmonieux, parfois avec un excès de noir dans les robes et les coiffures, est toujours intéressante.

67. Près d'une étagère supportant un canard brûle-parfum, sont accroupies une femme et deux jeunes filles. Estampe de grand format.

Pièce d'un beau dessin dont le coloris vigoureux se détache sur le gris léger du fond.

68. Six jeunes femmes en promenade. Costumes noirs et verdâtres, à dessous roses. Belle planche de grand format.

69. Une courtisane marchant au milieu de quatre suivantes. Admirable tirage, à tons roses, parsemé de fleurs et rehaussé de gaufrures. Pièce de premier ordre, en grand format.

70. Deux cigognes près d'un ruisseau au cours sinueux. Dans le fond, des bambous dont les tiges vertes et le feuillage vont se perdre sur un soleil rose traversé par un nuage. Le tout se détache sur un fond du gris le plus harmonieux. Format carré.

Estampe d'un superbe tirage. L'un des oiseaux a tout son plumage exécuté en gaufrure blanche.

71. Scène d'intérieur à trois personnages. Un homme, la figure à demi cachée par une large coiffure, entre deux femmes dont l'une porte une lanterne. Au fond, une terrasse de l'autre côté de laquelle on voit la lune disparaissant derrière des nuages. Le parquet et les boiseries sont peints en rouge. Belle estampe de format carré.

72. Un gros chat blanc, couché près d'un arbuste en fleurs, guette des papillons. Format carré.

Jolie pièce, d'une coloration curieuse, d'une tonalité jaune verdâtre et d'un tirage remarquable.

73. Un pèlerin regardant le Foudji. Grande estampe oblongue de 0,65 centimètres de hauteur. Belle pièce à tons éteints. Encadrée sous verre.

Le pèlerin, appuyé sur son bâton, est tourné vers le Foudji que l'on aperçoit perdu dans des nuages roses au haut de la composition, dont tout le milieu est occupé par un paysage vu en panorama. Le Foudji, dans ses nuages, semble une montagne sacrée, comme on voit quelquefois représenté le Sinaï par des peintres de sujets bibliques. Le ton général de l'estampe contribue aussi à donner à la composition une certaine allure hiératique.

74. La promenade. Un jeune homme en robe noire, à dessous roses, agrémentée d'une broderie en forme de grecque, accompagne une jeune femme en robe jaune à dessous roses et mauves. Fond rouge brun léger. Grande estampe en hauteur de 0,70 centimètres.

Rare et belle estampe à tons légers, avec des rehauts noirs vigoureux. Les planches de ce grand format sont les plus recherchées parmi celles de Koriousaï. Elles ont un aspect très décoratif.

LES PREMIERS OUTAGAWA

Toyoharou.

Seconde moitié du xviii° siècle et commencement du xix°.

Le fondateur de l'atelier des Outagawa et l'un des peintres les plus appréciés des Japonais. « Toyoharou, dit M. Gonse, n'a guère de rival dans l'école vulgaire, pour faire vivre et grouper de nombreuses figures, pour composer une scène et nous y intéresser par mille détails d'observation. Malgré la quantité de personnages que l'artiste y fait mouvoir, ses compositions sont d'une clarté et d'une unité irréprochables. »

75. Le grand pont sur la Soumida au moment d'une fête de nuit.

Sur le pont une foule immense se presse, et, au-dessous, le fleuve
est chargé d'une infinité de barques pleines de monde, tandis
que sur le fond du ciel noir parsemé d'étoiles éclate une gerbe
lumineuse du feu d'artifice. Pièce oblongue d'un beau tirage.

76. Une fête de nuit à Yédo. Au milieu de la composition, la
Soumida chargée de barques, illuminées de grosses lanternes jaunes; de chaque côté, les rives pleines de monde, et, dans le fond,
le grand pont peint en rouge, se détachant sur le fond noir du
ciel, pointillé d'étoiles, et éclairé par l'embrasement d'un feu
d'artifice. Estampe de format oblong, encadrée sous verre.

Toyohiro.

Mort en 1828, fut l'élève de Toyoharou, le fondateur de l'atelier des Outagawa. Ses œuvres sont très rares.

77. Un enfant tirant sa mère vers l'étalage d'un laitier. Fond gris ;
dans le haut est écrite une poésie. Estampe de format carré.

78. Une femme tenant par la main un enfant en robe rose, armé
d'un long sabre. Fond gris. Estampe de format carré.

LES KATSOUKAWA

Katsoukawa Shounsho.

L'illustre fondateur de l'atelier des Katsoukawa, un des plus grands peintres du Japon. Seconde moitié du xviiie siècle.

79. Deux guéshas dansant près d'un carrosse. Grande estampe à
tons doux sur fond d'un gris bleuté.

80. Acteur dans une scène de drame; il est debout, les bras croisés,
le masque terrible, les cheveux secoués par le vent et se détache
sur un fond noir dans lequel la pluie, le tonnerre et les éclairs
font rage.

Belle pièce en hauteur.

81. Un homme appuyé sur un long bâton porte sur son dos une
grande boite grise. Il est sur un rivage battu par les flots de la
mer et se détache avec une extrême vigueur sur un fond d'un
noir intense.

Pièce d'un superbe tirage.

82. Acteur de drame en costume de samouraï; près de lui une fenêtre ouverte laissant apercevoir un coin de ciel noir.

83. Acteur en femme; joli costume à rayures avec surtout décoré
de fleurs, sur un fond gris uni. Très jolie pièce en tirage à tons
doux.

84. Danseuse de Nô en costume mauve disparaissant sous un large
surtout d'un rouge brun au ton puissant et décoré de grandes
armoiries qui se détachent en blanc. Estampe oblongue en
hauteur.

85. Une jeune femme debout; de la main droite elle cache le bas
de son visage sous un pli de son vêtement, de la gauche elle
tient un miroir; près d'elle une étagère noire. Pièce à tons verdâtres et mauves très effacés. Estampe oblongue en hauteur.

86. Une jeune femme en costume rouge parsemé d'éventails tient
de la main droite une écharpe blanche. Estampe oblongue en
hauteur d'un tirage très élégant.

Shounyei.

Un des meilleurs élèves de Shounsho. (Commencement du xix° siècle).

87. Trois Ronins. Estampe oblongue, d'un style énergique, formant triptyque. Pièce superbe et fort rare, encadrée sous verre.

88. Acteur dans un rôle de femme. Personnage debout en robe
verte, avec un surtout noir à ornements brodés en blanc. Fond
gris dont le tirage laisse apercevoir tout le travail du pinceau.
Grande estampe en hauteur.

Belle épreuve de premier tirage.

89. Acteur en femme. Costume gris-bleu, jupe rose à rayures
blanches, large ceinture noire. Planche d'un superbe coloris à
tons doux en harmonie avec le gris du fond. Grande estampe en
hauteur.

90. Une guésha dansant, en frappant une gourde avec un bâ-
tonnet. Costume d'un vert bronzé à fleurs, mante grise et noire.
Les plis flottants des vêtements se détachent sur un fond jaune.
Grande estampe en hauteur.

91. Une guésha, debout sous une branche de pommier en fleurs,
joue sur un *shamisen* (sorte de guitare à trois cordes). Grand
chapeau de paille, robe d'un gris verdâtre à décor de pommiers
en fleurs, large ceinture noire à rayures jaunes.

> Estampe de format oblong en hauteur, d'un beau dessin et d'un coloris
> léger, fond gris et terrain jaune.

92. Acteur debout, couvert d'un vêtement ample, avec pardessus
et pantalon. Il marche en couvrant sa bouche d'un pli de son
manteau. Au-dessus de sa tête une branche desséchée.

> Estampe oblongue en hauteur, d'un tirage à tons légers comme la pré-
> cédente.

Shounko.

> Un des meilleurs artistes de l'atelier des Katsoukawa.

93. Un acteur debout. Personnage de la pièce des Ronins, couvert
d'un ample vêtement gris à rayures, avec des armoiries brodées
et deux sabres à la ceinture. Estampe en hauteur.

> Belle épreuve de premier tirage, à tons assoupis en harmonie avec le gris
> du fond.

94. Un acteur debout. Rôle de Kira dans la pièce des Ronins.
Estampe en hauteur.

> Riche costume gris et blanc brodé de fleurs et d'armoiries. Pièce d'une
> élégante tonalité et d'un très beau tirage.

Shounzan.

> Élève de Shounsho.

95. Deux estampes, en noir. Épreuves d'essai représentant des danses. Pièces rares et intéressantes de format carré.

> Dans l'une six jeunes garçons vêtus uniformément de robes et de bon-
> nets semblables exécutent la danse des bâtons. Dans l'autre, deux jeunes
> guéshas costumées en garçons répétent un pas, regardées curieusement
> par une femme debout qui porte sur son épaule de grands paniers suspen-
> dus à un bambou.

Shountei.

> De l'atelier de Shounsho.

96. Scène de comédie. Duel au sabre entre une femme et un Samouraï dont les grands gestes et les efforts exagérés produisent
un effet plaisant. La scène se passe dans un paysage animé de

plusieurs personnages et qui est borné par une colline avec un temple et un pont au-delà duquel la mer s'étend jusqu'à l'horizon. Au premier plan, les têtes burlesques de cinq spectateurs. Grande pièce en hauteur.

> L'artiste s'est attaché à rendre scrupuleusement l'attitude, les gestes et les effets comiques d'un acteur aimé du public, Koshiro au long nez. L'estampe est, à cet égard, particulièrement intéressante et curieuse.

97. Scène de Nô. Une femme bizarrement accoutrée, danse près d'un homme attifé d'un lourd costume chargé d'armoiries et dont la figure tatouée est surmontée d'une grosse perruque noire. Derrière, trois musiciens.

98. Deux planches représentant des héros guerriers. Pièces d'un tirage superbe, à fond gris.

> Dans l'une un guerrier, armé d'un arc immense, allume un incendie au moyen d'une torche. Dans l'autre un guerrier, roulant des yeux féroces, tient de la main gauche un arc et de la droite une longue flèche qu'il va décocher. Tous les détails des armures et des costumes sont dessinés et peints avec un soin minutieux.

99. Deux planches représentant chacune un guerrier à cheval. Dessin d'une grande allure, et coloris à tons violents, en rapport avec l'effet cherché.

> Dans l'une un guerrier, monté sur un cheval noir, brandit une immense massue noire en fer (Kanabo), au milieu d'un carnage effrayant, sous un ciel bouleversé. L'estampe donne la sensation d'une de ces gravures du moyen-âge, représentant le cheval de l'Apocalypse et la Mort fauchant tout sur son passage. — Dans l'autre un guerrier, également armé d'une massue noire, galope sur un cheval rouge à travers la fumée rouge de la bataille. Ces deux pièces et les deux précédentes peuvent compter parmi les meilleures de Shountei et suffisent à lui assurer une place honorable parmi les excellents artistes de l'atelier des Katsoukawa.

Shounman.

> De l'atelier de Shounsho.

100. Les laveuses. Deux jeunes femmes accroupies, battant du linge, et deux autres debout ; leurs vêtements sont agités par le vent. Fond de paysage avec un ruisseau au cours sinueux. Pièce en hauteur ; colloris à tons heurtés, les fleurs et les ornements des costumes sont brodés sur l'estampe en soie et en fil d'or.

101. Branches de pommier en fleurs. Curieux sourimono carré à gaufrures dorées, sur fond blanc.

102. Une guésha, en costume de cour, assise dans une barque ; elle s'appuie sur un tambourin et tient au dessus de sa tête un éventail. Joli sourimono sur fond blanc dans un encadrement rose à dessins géométriques noirs. Style de l'école de Tosa.

103. Deux personnages de la cour sur une terrasse au dessus d'un cours d'eau. Beau sourimono carré à reliefs et rehauts d'or sur fond blanc. Style de Tosa.

104. Une jeune femme tombe à la renverse, les jambes en l'air, effrayée par un serpent qui se dresse devant elle en s'enroulant à la balustrade d'une terrasse. Curieux petit sourimono oblong sur fond blanc.

Shounsen.

Élève de Shounyei ; il s'illustra, de 1800 à 1818, comme peintre d'estampes en même temps que comme décorateur de porcelaines.

105. Deux jeunes femmes, l'une accroupie, l'autre debout en magnifique robe à dessin de damiers, avec une mante à rayures vertes et mauves jetée sur les épaules. Pièce en hauteur.

106. Jeune femme debout, en robe d'un beau ton orangé, accordant son koto. Pièce de grand format ; tirage très fin sur fond gris.

Riousho.

107. Deux danseurs, l'un s'accompagnant avec des cymbales, l'autre agitant un éventail. Estampe de format carré, au trait, avec quelques légers rehauts de rose, sur un fond gris.

Pièce curieuse et rare où Riousho se montre dessinateur habile. Les personnages sont enlevés en quelques hardis coups de pinceau et néanmoins tout est indiqué, gestes, mouvements, plis des vêtements, expressions de physionomie, détails des pieds et des mains. Rien n'y manque.

Yeishi.

Élève de Shounsho et de Kiyonaga. Coloriste charmant et original ; il égale souvent dans ses compositions de scènes féminines le beau style de Kiyonaga et l'élégance d'Outamaro avec lequel, observe M. de Goncourt, il a la plus grande parenté.

108. Scène à trois personnages sur une terrasse : deux femmes

et un homme en robe jaune à rayures avec un manteau noir d'un beau ton velouté. Estampe en hauteur. Pièce d'un beau dessin.

109. Grand portrait de femme, coiffée avec un peigne et des épingles jaunes ; elle tient de la main droite un livre. Le cou et le buste émergent d'un large vêtement à tons roses et rouges fort élégants. Comme dans beaucoup de portraits de beautés japonaises, la finesse du cou et l'effilement des doigts, la petitesse de la bouche sont poussés à l'extrême ; il en résulte une certaine mièvrerie qui n'est pas sans charme même pour des yeux européens. Estampe en hauteur.

110. Jeune femme accroupie ; robe rose à décor de bambous. Derrière elle, une grande tenture jaune et rouge aux plis relevés. Belle estampe en hauteur.

111. Jeune femme accroupie s'appuyant sur un gros coussin et tenant un jouet. Robe grise décorée dans le bas de coquillages ; large ceinture rouge. Estampe en hauteur.

Yeisho.

Le meilleur élève de Yeishi, commencement du xix° siècle.

112. Grand portrait de femme en buste ; elle caresse un petit chevreau noir. Estampe en hauteur.

Pièce d'un beau coloris à tons éteints, fond gris à fleurs en camaïeu. La chevelure est traitée avec un soin tout particulier et une réelle habileté.

113. Scène bouddhique. Deux femmes, aux longs vêtements flottants, assises au milieu des nuages. L'une tient deux bâtonnets et un tambourin ; l'autre joue du biwa. Diptyque de format oblong à fond jaune.

Ici, au lieu des types consacrés par la tradition hiératique, Yeisho nous représente des déesses sous les traits et dans le costume des jeunes femmes de son temps. C'est une peinture religieuse qui n'a plus aucun rapport avec l'ancienne école bouddhique, ni comme dessin ni comme coloris, et qui emprunte tous ses procédés de facture à l'école contemporaine, à l'école Oukiyo-yé.

114. Une courtisane, tenant à la main une coupe de saké. Portrait en buste, robe jaune, à revers blanc, bordée de rose. Superbe planche dans le style d'Outamaro, encadrée sous verre.

Cette estampe, imprimée sur un fond gris légèrement teinté de reflets bleus, est dans une gamme blanche avec des notes roses et jaunes du plus élégant aspect. Elle a les allures d'un de ces portraits de la cour des Valois que les peintres de Charles IX et de Henri III peignaient au trait pour être exécutés en émail à Limoges par les Pénicaud, les Courtois, les Léonard Limousin.

Yeishin.

Artiste de l'atelier de Yeishi.

115. L'homme au faucon. Portrait en buste. Un jeune homme de gracieux visage, tient sur son cou un faucon et, de la main droite, une baguette. Robe rose à fleurs noires et à dessous vert et noir. Estampe encadrée sous verre.

Belle planche de ce maître dont les œuvres sont rares. La tête est au trait avec une seule note rose sur les lèvres. Le faucon est en gris avec une petite pointe de jaune dans le bec et dans l'œil. Le fond de l'estampe est gris. Il n'y a de coloration que dans le vêtement.

115 *bis*. La femme au faucon. Portrait de jeune femme en buste. Elle tient un faucon sur son épaule. Estampe à fond gris, encadrée sous verre.

Shountsho.

Fin du xviii° siècle et commencement du xix° siècle.
Il fut l'un des plus heureux imitateurs de Kiyonaga et dans certaines planches on pourrait le confondre avec son glorieux modèle.

116. Trois jeunes femmes, l'une accroupie tenant un livre à la main et deux autres debout causant, dans un bel intérieur ; à travers une baie on aperçoit un coin de paysage. Superbe estampe de grand format, d'une charmante coloration et d'un dessin fort élégant. Les étoffes des vêtements sont d'une transparence et d'une légèreté de tons extraordinaires.

117. Promenade dans la campagne. Deux femmes, un homme et un enfant. Estampe de grand format.

Pièce d'un coloris puissant et composition dans le style de Kiyonaga. Les robes des femmes sont superbes ; l'une, d'un gris crèmeux à dessous roses, avec une large ceinture noire à grecque jaune, l'autre d'un noir velouté sous une ceinture rose.

118. Scène de théâtre à deux personnages. Une jeune femme retenant légèrement sa ceinture qu'un homme en costume noir et rose, au masque bizarre, attire à lui. Estampe de grand format.

119. Courtisanes en promenade. Trois jeunes femmes, en riche costume, accompagnées de deux petites suivantes et d'un homme en robe lilas avec pardessus gris à pois. Fond gris. Estampe de grand format d'un excellent tirage à tons très fins.

120. Une jeune femme debout, couverte d'une robe rose de tonalité charmante. Fond de marine, avec, dans le haut, un pont et une ville sous un ciel noir. Grande estampe oblongue mesurant 65 centimètres de hauteur. Encadrée sous verre.

(Œuvre superbe, d'un coloris délicat et d'un bel effet décoratif.

Toyomarou.

121. Une guésha tenant à la main un tambourin. Joli costume rose avec surtout blanc à ornements bleutés, se détachant sur un terrain jaune qui se prolonge, par un paysage vu en perspective, jusqu'à l'horizon. Ciel bleu ardoise. Estampe en hauteur.

Belle pièce dans le style des Katsoukawa, d'un tirage fort élégant.

LES KITAO

Kitao Shighémasa (1739-1819).

Artiste de la fin du xviii° siècle, chef d'un atelier fameux. Il s'inspira dans ses premières œuvres du style de Soukenobou.

122. Un grand bateau, entouré de barques, descend le courant d'un fleuve, poussé par de vigoureux bateliers. Dans le fond, la berge verdoyante sur laquelle on distingue de nombreux promeneurs et un escalier conduisant à un temple. Grande estampe oblongue en largeur. Signée Kosuisaï.

(Œuvre intéressante d'un des premiers artistes qui ait su rendre les scènes populaires, grouper les personnages, exprimer leurs sensations, composer en un mot de petits tableaux de la vie réelle.

123. Un Shogoun debout sur le bord de la mer en face du soleil couchant, deux pages sont accroupis derrière lui. Grande estampe en largeur à tons légers. Nuages dorés.

124. Un intérieur princier. Un seigneur et deux personnages accroupis et de l'autre côté, sur une terrasse, une femme en

costume de cour avec une suivante. Nuages dorés. Pièce oblongue signée Kosuisaï.

Cette estampe, ainsi que la précédente, sont traitées dans le style de l'école de Tosa.

SHARAKOU (TO-SHIOU-SAI)

(FIN DU XVIIIe SIÈCLE)

Le premier peintre de portraits du Japon. Ses œuvres ont une intensité de vie qu'on ne retrouve guère chez aucun autre maître. Pris sur le vif, exécutés avec une énergie extraordinaire, ses portraits se gravent dans l'œil du spectateur et on ne les oublie pas dès qu'on les a vus une fois. On peut comparer à cet égard l'impression produite par une tête d'Antonello de Messine, d'Holbein ou de Cranach. — Sharakou n'ayant travaillé que quelques années, le nombre de ses œuvres est fort restreint et les exemplaires tirés à petit nombre sont extrêmement rares, même au Japon. — Les trois pièces suivantes sont du premier ordre.

125. Personnage à la mine farouche. Bonnet rouge brun, robe du même ton, surtout à rayures jaunes et noires. De la main droite, il tire son sabre du fourreau, le haut du corps lancé en avant. Estampe à fond gris, encadrée sous verre.

Le nez pointu, la bouche convulsée, les yeux qui louchent, les cheveux peignés en deux mèches sous le bonnet rouge, tout donne à ce personnage, un acteur de drame, une allure terrible. Le tirage de la planche est superbe de couleurs. Ces grandes draperies, à rayures noires et jaunes agrémentées de filets rouges, se fondant avec un dessous à rayures roses et vertes de tons très doux, sont mises en valeur par le rouge intense de la manche et du bonnet. Cette pièce est la plus remarquable de toutes les estampes de Sharakou qui aient encore figuré sur un catalogue de vente.

126. Portrait d'acteur, en buste. Il est couvert d'une robe d'un rouge éteint, avec une armoirie brodée en blanc et un collet d'un noir superbe. La poitrine est à nu, ainsi que le bras droit. Estampe sur fond noir laqué. Encadrée sous verre.

La physionomie du personnage, son costume sommaire, le fond noir du tableau, tout semble indiquer qu'il vient d'être surpris pendant la nuit; il s'apprête à tirer son sabre du fourreau contre l'ennemi. En le comparant au personnage en bonnet rouge du numéro précédent, on verra par quelle dissemblance dans l'allure, Sharakou a exprimé une différence dans la passion. Et comme tout concourt à l'effet voulu, tout jusqu'à la tonalité de l'estampe, d'un côté la colère, la fougue, le mouvement, les tons heurtés; de l'autre, la résolution, le calme, les tons apaisés.

127. Deux acteurs en buste, l'un gras, en robe à carreaux gris, l'au-

tre maigre, en robe rouge. Très belle pièce sur fond noir laqué.
Encadrée sous verre.

Deux têtes à contraste, pleines de vie et d'expression quoique exécutées en
quelques traits. Estampe remarquable et très rare.

TCHOKI

Artiste original dont les œuvres sont peu communes. Ses estampes de
grand style rappellent quelquefois la manière de Sharakou ou celle de
Kiyonaga.

128. La fête du jour de l'an. Deux danseurs au milieu de la rue,
deux femmes à demi cachées derrière une cloison les regardent.
Estampe de grand format.

OUTAMARO (1754-1797).

Un des maîtres les plus séduisants et les plus aimés de la peinture japo-
ponaise, le plus connu aujourd'hui, grâce au beau livre que lui a consacré
M. de Goncourt. C'est, par excellence, le peintre de la femme. A elle
seule il consacra tout son talent, dédaignant les portraits d'acteurs et les
scènes de théâtre qui constituent la plus grande partie de l'œuvre des artistes, ses contemporains.

129. L'éducation de Kintoki. L'enfant rouge pressé dans les bras
de sa mère Yama ouwa, à l'épaisse chevelure noire. Superbe estampe en hauteur d'un dessin vigoureux et d'un admirable
tirage.

Pièce de premier ordre, en excellent état.

130. Jeune femme, vue de dos, se regardant dans un miroir. Estampe en hauteur, à fond gris.

Pièce remarquable du plus élégant dessin et du tirage le plus délicat.
L'exécution de la chevelure dénote une habileté, une légèreté et une vigueur
de touche qu'aucun autre peintre n'a dépassées.

131. Une femme debout, portant un enfant sur ses épaules, regarde
deux petits chiens qui jouent à ses pieds. Estampe en hauteur.

Belle pièce d'un tirage harmonieux à tons éteints.

132. Les amoureux. Un jeune homme, tenant une branche de ce-

risier en fleurs et de l'autre main un sécateur, est agenouillé près
d'une femme appuyant sa main sur son épaule. Belle estampe
en hauteur.

> Gracieuse composition du plus remarquable tirage. La robe de la femme,
> d'un rouge passé fort harmonieux, est mise en valeur par une large cein-
> ture jaune et noire, à décor de chrysanthèmes, et forme contraste avec le cos-
> tume de l'homme, à carreaux noirs rayés de jaune. Quelques touches d'un
> noir vigoureux, une boîte en laque au premier plan, un pli de robe, un bout
> de ruban dans la chevelure font vibrer ces tonalités d'une façon particulière.

133. Une dame jouant du biwa et une guésha dans un intérieur,
sur les parois duquel est peint le Foudji. Parodie d'une scène
des Ronins qui se trouve reproduite sur un Kakémono pendu
au mur. Belle estampe en hauteur.

134. L'ondée. Deux personnages, un homme et une femme, les
jambes nues, marchent sous la pluie qui les fouette. Superbe
estampe en hauteur, mesurant 0,51 de hauteur sur 0,23 de largeur.

> L'homme, vêtu d'une blouse bleue, a jeté sur sa tête un voile dont il retient
> un coin entre ses dents. La femme, les seins nus, est vêtue d'une robe noire
> à dessin blanc, avec une large ceinture rose, elle marche à petits pas. Pièce
> d'un tirage fort'remarquable. Les personnages, d'un magnifique dessin, se
> détachent harmonieusement sur un fond gris à teintes dégradées, rayé
> par la pluie.

135. La lecture. Une femme accroupie, un livre ouvert sur les
genoux. Robe d'un noir velouté avec bordure rose. Belle pièce
à fond gris.

136. Le barbier. Une mère, les seins nus, soutient, dans un joli
mouvement plein de sollicitude, son enfant endormi à qui
un barbier rase la tête.

> Pièce rare de la série des scènes maternelles si excellemment traitées par
> Outamaro.

137. La consultation. Un vieux bonze à la barbe mal rasée, un cha-
pelet campé sur l'oreille, donne une consultation à deux amoureux. La moue du jeune homme et le mouvement de la jeune
femme, qui porte à ses yeux un coin du mouchoir jeté sur sa
tête, témoignent du déplaisir que leur cause cet entretien. Estampe en hauteur, tirage à tons passés.

> La planche fait penser à certaine gravure de la série du *Mariage à la
> mode* d'Hogarth.

138. La lettre. Un homme donne une lettre à une jeune femme qui s'appuie sur son épaule. L'homme est en robe rouge à rayures grises, la femme en robe noire à dessous rose. Jolie estampe à fond gris.

139. Pigeons picorant au milieu de feuilles de momitzi et d'aiguilles de pin qui jonchent la terre. Composition à double feuille en largeur.

> Cette belle estampe est tirée du *Yé hon momotidori. Les cent crieurs* (concours de poésies sur les oiseaux), livre publié par Tsutaya Jûsabrô. Voyez de Goncourt, Outamaro, pages 182 et 183.

140. Scène sur un bateau. Un jeune homme est assis, les jambes pendantes, et cause avec une jeune femme accroupie devant lui, tandis qu'au dessous, dans la cabine, une autre femme les écoute en se dissimulant derrière un des plis flottants de la robe de l'homme dont la transparence laisse apercevoir le visage de la curieuse. Belle pièce en hauteur.

141. Désespoir d'amoureux. Une femme accroupie soutient un jeune homme agenouillé devant elle et laissant tomber sa tête d'un air de profond découragement. Grande estampe en hauteur.

142. Jeune femme en buste. Vêtement noir, avec armoiries brodées en blanc. Elle tient à la main une coupe à saké. Estampe d'un excellent tirage, à fond gris, sur lequel se détache en vigueur le noir puissant de la robe et la chevelure traitée avec un soin minutieux. Belle pièce encadrée sous verre.

143. Deux femmes causent en chiffonnant des étoffes. Grande estampe en hauteur, encadrée sous verre.

> Une grande écharpe rouge à pois blancs coupe en diagonale tout le fond gris de la planche, faisant se détacher en vigueur le groupe des deux femmes.

144. La lecture. Superbe estampe en hauteur, mesurant o, 70 centimètres. Planche à tons assoupis, du plus élégant dessin.

> Un homme accroupi, en costume noir, lit un makimono qu'il déroule. Derrière lui, une jeune femme suit sa lecture en joignant les mains dans un geste gracieux qui laisse voir de jolis bras nus. Le mouvement plein d'abandon de la femme, sa robe mauve à dessous roses, mise en valeur par la chevelure et la robe noire de l'homme, montrent toutes les qualités de dessin et de coloris qu'on retrouve dans les œuvres de choix du grand artiste.

145. Fête de nuit sur la Soumida. Au-dessous du pont où la foule
se presse, la rivière, toute couverte de bateaux remplis de femmes
dont l'une, penchée sur l'eau, est en train de laver une coupe à
saké. Dans d'autres barques, des musiciennes, des gens buvant
et riant et, sur le toit des embarcations pavoisées, les bateliers
nus appuyés sur leurs longs avirons. Triptyque d'une tonalité
presque uniformément rose avec quelques rehauts de vert et,
dans le haut, le ciel noir moucheté de blanc.

146. Jeune mère allaitant son enfant et tournant la tête vers une
petite fille qui lui sourit. Gracieuse composition. Estampe en
hauteur.

147. Une courtisane. Portrait en buste, d'un dessin charmant.
Belle estampe en hauteur.

148. Mère jouant avec son enfant; elle le tient élevé au-dessus de
sa tête et il tend vers elle ses petits bras pour prendre une pomme
qu'elle serre entre ses lèvres.

Superbe composition du plus gracieux dessin en tirage à tons effacés.
Pièce remarquable et fort rare.

149. Un tigre. Estampe en hauteur.

Le fauve, d'un dessin puissant, est traité avec une vigueur de pinceau,
une sûreté de touche qui feraient honneur même au plus habile peintre
animalier. C'est plaisir de voir Outamaro, ce peintre des élégances féminines, toujours égal à lui-même, soit qu'il peigne des oiseaux, des coquillages,
des paysages comme dans certaines suites fameuses, soit comme ici un
fauve à l'aspect terrible.

150. Le tatouage. Un homme écartant son vêtement pour laisser
voir une inscription tatouée sur sa poitrine à une jeune femme
qui l'examine en joignant les mains. Belle estampe en hauteur.

151. La pluie. Deux personnages vus en buste, la tête couverte
d'une étoffe blanche. L'homme se presse contre la femme qui
s'apprête à ouvrir son parapluie. Estampe en hauteur, tirage à
tons passés.

152. Gravure en noir de format oblong. Un groupe d'hommes et
de femmes sur une terrasse, regardant le vol d'un oiseau dans le
ciel.

Tscukimaro.

Élève d'Outamaro.

153. Deux courtisanes à leur toilette, portraits en bustes. L'une se peint les lèvres et se mire dans un miroir qu'elle tient de la main gauche, l'autre, au-dessous, la regarde en arrangeant les plis de son vêtement. Gracieuse estampe en hauteur; fond gris.

154. Une courtisane, en promenade. Elle est accompagnée de ses deux petites *Kamouros* et porte un somptueux costume à riche décor de papillons et de liserons. Les bâtonnets de sa coiffure sont également terminés par des papillons. Grande estampe d'un coloris brillant.

155. Études d'oiseaux de proie. Deux estampes en noir, de format carré.

Shikimaro.

Élève d'Outamaro.

156. Une courtisane vue de face, en riche costume. Robe noire à décor de pivoines. Belle estampe sur fond gris. Encadrée sous verre.

157. Une courtisane, vue de dos, couverte d'un somptueux costume noir à décor d'éventails. Un pied nu sort de dessous la robe. La figure, aux lèvres rouge et verte, se reflète dans une glace, sur laquelle la femme semble peindre ses traits. Fond gris. Encadrement sous verre.

Hidémaro.

Élève d'Outamaro.

158. Un couple d'amoureux, le torse nu sous un peignoir à rayures. Pièce à fond gris. Estampe en hauteur.

159. Un jeune homme et une jeune femme. Estampe en hauteur d'un coloris vigoureux.

Shiko.

École d'Outamaro.

160. Une jeune femme courant et un homme qui la regarde. Ciel rose. Belle estampe encadrée sous verre.

161. Deux jeunes femmes tenant un rouleau de papier. Ciel rose. Gracieuse composition à tons doux. Encadrée sous verre.

Kikougawa Yeizan.

Un des meilleurs élèves d'Outamaro.

162. Les colleuses de papier. Beau diptyque de format oblong. Très élégant de dessin et de coloris.

163. Une femme en joli costume rose, avec un riche manteau à décors géométriques, regarde une lanterne magique ; elle tient un écran de couleur verte dont la transparence laisse apercevoir le bas de son visage. Estampe en hauteur, fond gris.

164. La neige. Deux femmes et un serviteur, abrités par de grands parasols contre la neige qui tombe à gros flocons, regardent du haut d'une estacade, un large fleuve dont les eaux grises vont se confondre avec les rives blanches de neige. Belle estampe en grand format oblong.

TROISIÈME PÉRIODE

(XIXᵉ SIÈCLE).

Les Outagawa : *Toyokouni*. — *Kounisada*. — *Kouniyoshi*. — *Kounitora*.
Les Élèves des Outagawa (École d'Osaka).
Les Paysagistes : *Hiroshighé*.
Hokusaï et son école.
Les peintres de Sourimonos.

LES OUTAGAWA

Toyokouni (1769-1825).

Le plus fameux peintre de l'atelier des Outagawa et l'un des artistes les
plus féconds et les plus puissants du Japon, le premier pour les portraits
d'acteurs et les scènes de théâtre.

166. Le départ. Superbe triptyque de Toyokouni. Encadré sous
verre.

Un seigneur, au costume élégant, quitte sa jeune femme. Il descend l'escalier d'une terrasse, en jetant un dernier regard en arrière. Sur la terrasse, la femme en pleurs, entourée de huit de ses amies et de deux petites
filles. Les unes la consolent, en lui serrant les mains, les autres regardent
le prince; l'une d'elles prépare une longue-vue pour le pouvoir suivre
plus loin. C'est un tableau plein de grâce et de charme. Les élégantes
coiffures des femmes et la bordure de la terrasse rappellent le fameux triptyque des « neuf femmes sur un pont » d'Outamaro. Les tonalités des
robes, en rose, en vert, en brun très clair, sont d'une douceur extrême, et,

au premier plan, un pommier fleuri, d'un dessin et d'un coloris charmant, contribue à donner à l'ensemble un aspect très décoratif.

167. Portrait d'acteur, en buste, robe noire, surtout vert à décor blanc. De la série des grands portraits. Encadré sous verre.

> Pièce rarissime et de premier ordre, superbe de dessin et d'expression et d'un admirable tirage à tons doux. Fond gris très fin.

168. Portrait en grand format. Un acteur en robe verte, les bras nus croisés sur sa poitrine, un mouchoir blanc sur la tête. Fond noir dégradé.

169. Portrait de grand format. Un acteur la tête nue. Robe noire avec surtout brun à pois blancs; il tient un éventail à la main.

170. Portrait de grand format. Un acteur le front ceint d'une bandelette blanche, en riche costume, sur un fond noir.

> Les estampes de Toyokouni dans ce format sont fort rares. Elles font penser à celles de Sharakou dont elles n'ont pas toutefois l'intensité de vie. Toyokouni s'y montre grand dessinateur, rendant en quelques traits des visages qu'on devine ressemblants et obtenant des expressions de physionomie par un simple pli de bouche, une contraction de sourcil, comme dans ces schémas donnés en exemple à nos jeunes dessinateurs. Ces portraits, dans leur excès voulu de simplicité, dénotent une extrême sûreté de pinceau et une étude longuement approfondie de la figure humaine.

171. Grand portrait. Tête de femme en chaperon blanc, au sommet de laquelle un peigne jaune retient les tresses épaisses d'une chevelure noire. Robe mauve à chrysanthèmes jaunes, dessous rose et blanc. Fond gris.

> Superbe pièce d'un effet très curieux et d'une jolie coloration.

172. Un acteur de Nô dansant en agitant un tambourin; sur le fond gris, le feuillage d'un saule. Pièce oblongue en hauteur, de premier tirage.

173. Acteur en femme, tenant de ses deux mains, au-dessus de sa tête, une écharpe blanche. Superbe robe noire à large ceinture d'un jaune léger, dessous à rayures roses et jaunes. Fond gris. Estampe oblongue en hauteur à tirage vigoureux.

174. Acteur en femme, agenouillé près d'une barrière peinte en bleu. Fond gris sur lequel se détache une branche d'arbre fleuri. Estampe oblongue en hauteur.

175. Danseurs comiques et bateleurs. Neuf personnages sur un
fond gris uniforme. Estampe oblongue tirée en sourimono.

> Pièce curieuse pour le mouvement et les attitudes des personnages tous
> affublés d'un même costume rouge à grelots et à dents brodées sur une
> bordure blanche. Ce costume a quelque analogie avec celui de nos fous
> de cour du moyen âge.

176. Une jeune femme assise près d'un petit meuble noir au-
dessus duquel est pendu un kakémono représentant un pèlerin.
Estampe de grand format en hauteur.

> Admirable pièce de la série à l'éventail. Sur le jaune du fond, le costume
> de la femme se détache en tons délicats et harmonieux. C'est un large
> vêtement blanc couvert d'un riche décor de feuillage entremêlé de petits
> éventails avec des dessous rouge, rose et mauve. A noter une belle
> coiffure à peigne et à bâtonnets jaunes.

177. Scène de théâtre. Un homme en bonnet rose montrant une
poésie à une jeune femme en robe pistache. Fond gris. Estampe
en hauteur d'un tirage à tons passés.

178. Une femme debout et un homme accroupi près d'un battoir
de blanchisseur; derrière, des roseaux et un ruisseau. Estampe
en hauteur.

179. Un lutteur, au torse énorme, cherchant à se dégager de
l'étreinte d'un acteur qui le retient vigoureusement par le bras.
Estampe en hauteur à très beau tirage.

180. Un acteur debout, tenant un sabre et un éventail; il occupe
toute la hauteur de l'estampe ; robe rosée à surtout verdâtre sur
fond gris. Grande pièce en hauteur.

181. Scène de théâtre. Un homme et une femme s'appuyant chacun
sur un long bâton et portant sur leur dos une grande boîte
noire. Fond gris. Estampe en hauteur, tirage à tons passés.

182. Un porteur de litière, en costume à rayures et appuyé sur un
long bâton jaune, donne le bras à une jeune femme en robe gris
bleu à la jupe richement décorée et à la large ceinture noire ;
elle marche les yeux baissés. Fond gris. Estampe en hauteur.

183. Acteur en costume princier vidant du haut d'une terrasse le
contenu d'une théière. Costume noir à rayures et à ornements.

184. Scène de drame. Une femme accroupie, tenant un sabre à la main ; près d'elle un homme, au masque bizarre, debout et tirant son sabre contre l'ennemi invisible qui s'approche. Estampe en hauteur.

> Pièce d'un beau tirage. Le costume de la femme, rose et noir, contraste par sa simplicité avec la robe à dessins chatoyants de l'homme et le tout s'harmonise et s'allie habilement au gris du fond.

185. Scène à deux personnages. Un homme semble attendre pour écrire l'inspiration de son compagnon qui l'interroge du regard. Fond gris avec une poésie. Estampe en hauteur, d'un bon tirage.

186. Deux acteurs en femmes vus en buste. Robes, à fond clair, richement décorées de caractères chinois et de fleurs à tonalités roses et lilas. Estampe en hauteur.

187. Le Thé. Une jeune femme accroupie, et tenant sur ses genoux un makimono sur lequel sont écrites des poésies, tend sa tasse à une servante qui lui verse du thé. Derrière, dans l'encadrement d'une fenêtre, une tête d'homme coiffée d'un morceau d'étoffe blanche. Estampe en hauteur, à tons anciens, d'un bon style.

188. Scène à deux personnages. Une jeune femme, en robe à rayures rouges et en manteau vert, se détourne vers un homme qui fait une singulière grimace et qui tient du bout des doigts une pipe. Fond gris avec une poésie. Estampe en hauteur.

189. Scène du *Genzi monogatari*. Un jeune prince, vêtu d'un grand manteau gris à armoiries avec un collet noir, se retourne vers un vieillard à robe verte qui lui montre du doigt un objet invisible. Fond gris avec une poésie.

190. Le passeur. Une dizaine de personnages assis et groupés dans une longue barque que pousse un batelier penché sur son aviron. Fond de paysage à l'embouchure d'une rivière. Dans le haut une poésie. Estampe oblongue. Rare.

191. Superbe triptyque. Dix femmes sur une passerelle au-dessus d'une rivière. Dans le centre de la composition, une jeune femme, comme prise de vertige, est retenue par ses compagnes qui forment autour d'elle un groupe harmonieux. Les robes aux couleurs chatoyantes, au décor varié, se détachent en vigueur sur

un fond gris que viennent rompre les tons verts et roses d'arbustes en fleurs.

192. La volière. Une cour, entourée de cages pleines d'oiseaux, avec une foule dans laquelle on distingue, au premier plan, huit femmes fort élégantes.

> Admirable triptyque d'une tonalité très apaisée. Les robes des femmes de couleurs rose et mauve d'une extrême finesse, s'harmonisent avec un fond jauni du plus heureux effet. Le vert des arbres, par des teintes de valeurs différentes, indique l'éloignement des plans du paysage. Les lois de la perspective minutieusement observées dans le dessin des personnages témoignent, ainsi que la dégradation du coloris, d'une réelle observation de la nature.

Kounisada (1785-1864).

> Le meilleur élève de Toyokouni, avec lequel il se confond souvent et dont, après 1844, il a adopté le nom. Il travailla beaucoup en collaboration de Kouniyoshi et avec Hiroshighé dans les paysages duquel il dessinait les personnages.

193. Portrait d'acteur en buste. Le personnage, roulant des yeux terribles, les bras nus croisés sur la poitrine, est vêtu d'une robe noire à armoiries blanches et se détache en vigueur sur un fond gris très léger. Belle pièce. Encadrée sous verre.

194. Scène de théâtre. Dans la nuit, un personnage, à l'air effrayé, se retourne en portant la main à la garde de son sabre. Robe bleu ciel, décorée d'hirondelles voletant. Sourimono à fond clair.

195. Une femme, vêtue d'une robe à carreaux verts et blancs, est couchée ; près d'elle un vase de fleurs, un bol et un écran. Grande estampe à fond gris ; dans un angle est peinte une fête de nuit encadrée d'un cercle.

196. L'escalier. A droite, un grand escalier rose conduisant à un temple vers lequel deux femmes font monter un enfant ; à gauche un cours d'eau poissonneux. Estampe oblongue.

197. Trois pièces de petit format tirées en Sourimonos et faisant partie d'une série érotique.

198. Le feu d'artifice sur la Soumida. Grande composition à cinq feuilles, encadrée sous verre.

> Belle et intéressante estampe animée par une foule énorme de personnages, tant sur le grand pont rouge qui coupe en deux la composition, que dans les cent barques qui sillonnent le fleuve. Comme fond, le ciel noir piqueté de points blancs.

199. Le grand pont sur la Soumida. Célèbre composition du grand
artiste, cinq feuilles, encadrées sous verre.

> Au premier plan, une suite de scènes populaires très variées et très vi-
> vantes devant des baraques en plein vent. Les personnages sont d'un beau
> dessin et habilement groupés. Au second plan, la Soumida chargée de bar-
> ques avec, en travers, le grand pont d'où descend la foule; piétons, cava-
> liers, porteurs de Kago, femmes et enfants se pressent dans les attitudes des
> plus variées.

Kouniyoshi (1796-1861).

> Artiste d'une grande puissance, et d'une extrême fécondité, il est surtout
> célèbre par ses peintures historiques, par ses terribles scènes de combat du
> temps des Minamoto et des Taïra; il y déploie une fougue, un mouvement,
> une furia extraordinaires. Il aime aussi à peindre les sujets fantastiques,
> les évocations de fantômes; il s'y montre bizarre et terrible, comme un
> Breughel ou un Téniers, son dessin toujours soigné et hardi, son coloris
> souvent violent, donnent à ses œuvres une originalité toute particulière.

200. Un guerrier caché dans les roseaux. Estampe de grand format, pièce d'une belle allure.

201. Le Halo. Paysage animé de plusieurs personnages dont l'un
contemple le phénomène en ouvrant la bouche d'un air ébahi,
l'ombre portée des personnages est indiquée sur le sol de la
route, particularité que l'on peut signaler comme assez rare.
Estampe en largeur.

202. Scène de théâtre à deux personnages. Une femme et un homme
en costume noir brandissant une longue lance. Sourimono carré
en beau tirage à ton noir laqué.

KOUNITORA (Ichi-yo-sai)

Elève de Toyokouni, fin du xviiie et commencement du xixe siècle.

203. GRANDE PEINTURE SUR SOIE représentant la prise et l'incendie du monastère fortifié de Hiyei-zan par Nobounaga, lors de l'insurrection des bonzes, en 1573. Encadrée sous verre.

Hauteur, 0,55. — Largeur, 0,85.

Œuvre du premier ordre, dont le style rappelle celui de Kouniyoshi dans ses plus puissantes peintures de batailles. Kounitora nous montre les troupes victorieuses de Nobounaga se précipitant vers les ouvrages fortifiés de l'ennemi. Les bannières des princes alliés flottent au-dessus de leurs têtes ; on distingue celle de Nobounaga (*Ota*) et les *mons* (armoiries) de Takaji (prince de Tsougarou), de Tokoukawa (*Awoi*), de Miva (prince de Nihon-matsou), de Shimazou (prince de Satsouma), de Toyotomi (*Osokawa*). De l'autre côté des murailles l'incendie fait rage, et ses lueurs sinistres se reflètent sur la masse sombre des assaillants. A gauche, Nobounaga, sur un superbe cheval blessé au poitrail, regarde, la figure crispée, l'œuvre de destruction ; à ses pieds, des blessés et des mourants forment un groupe d'un terrible réalisme ; le sang coule, les hommes se traînent, les membres pantelants, les blessures béantes et hideuses ; dévorés par la fièvre, ils tendent les mains vers leurs compagnons qui leur apportent des écuellées d'eau. C'est le carnage dans toute son horreur, c'est la guerre, une de ces guerres de la féodalité, luttes sans trêve ni merci, où les vaincus étaient massacrés jusqu'au dernier, les villes brûlées, les châteaux rasés et où les vainqueurs rapportaient comme trophées les têtes coupées, non seulement des guerriers, mais aussi des femmes et des enfants. Les horribles détails reproduits par les peintres ne sont que l'illustration des sanglants récits des historiens.

D'après Hokkeï

École d'Osaka

On comprend sous cette dénomination tous les artistes secondaires de l'atelier des Outagawa, tous les élèves de Toyokouni, de Kounisada et de Kouniyoshi qui se distinguèrent surtout dans l'illustration des scènes de théâtre et les portraits des acteurs. Ces planches s'imprimaient à Osaka.

Kounimitzou.

204. Un acteur accroupi, s'épongeant la figure, robe verte à ornements blancs.

Kounimassa.

205. Scène de théâtre à onze personnages; première scène du drame des Ronins. Grande estampe oblongue, en largeur, à fond gris; tirage à tons éteints, rehaussés par les robes rouges de quelques personnages.

206. Scène de théâtre. Un Samouraï, à genoux devant une cascade qui se précipite du haut d'un rocher. Estampe en hauteur.

207. Masque d'acteur tragique, à la grandeur de l'original. Estampe curieuse, en hauteur.

208. Portrait d'acteur en buste. Il porte la main à son sabre; costume décoré de bandes d'armoiries rouges et mauves. Estampe en hauteur.

209. Portrait d'acteur en buste. Robe brune à rayures jaunes. Fond gris. Pièce d'une belle allure, en hauteur.

Kouniyasou.

210. Trois guéshas, sur une passerelle jetée au-dessus d'un marais. Elles portent leurs instruments de musique. Estampe oblongue, en largeur.

Kouni-akira.

211. Un enfant, jouant à la balle avec sa mère, sur le bord d'une rivière. Fond de ciel d'un noir transparent éclairé par le disque blanc de la lune sur lequel se détache une branche de saule. Estampe en hauteur.

Hokoukei.

212. Un acteur debout, en costume bizarre, avec rehauts métalliques. Estampe de grand format, à fond gris.

Hokoushiou.

213. Portrait d'acteur en buste, dans un rôle de guerrier. Composition d'un beau style. Superbe épreuve, encadrée sous verre. Pièce rare.

214. Scène de drame. Deux acteurs, l'un en guerrier, l'autre en femme. Grande pièce en hauteur, tirage à gaufrures.

Rioukosaï.

215. Figure d'acteur debout, en superbe robe noire d'un ton velouté, près d'un portique rose. Estampe oblongue, en hauteur.

D'après Hokusaï.

LES PAYSAGISTES

Hiroshighè Motonaga (1797-1858).

Le plus grand paysagiste et l'un des peintres les plus spirituels du
Japon. Aucun autre n'a traité le paysage avec autant de vérité et n'a
poussé aussi loin la connaissance de la perspective. Le premier, il a admis
l'existence des ombres portées, et on en trouve dans les estampes suivantes plusieurs exemples intéressants.

216. Le feu d'artifice. La Soumida, vue de nuit, avec, dans le fond,
le grand pont couvert de monde, et, au premier plan, un long
bateau rouge éclairé par quatre hautes lanternes. Beau triptyque d'une intéressante tonalité. Le rouge violent du bateau,
à la proue d'un noir intense, se détache crâment sur le bleu
éteint où se confondent les flots de la rivière et le ciel vu à
l'horizon. Le pont, la ville, les barques, tout le dessin du
second plan est traité en silhouette sombre d'un curieux effet.

217. Un pont sur la Soumida au moment d'une averse ; dans le
lointain le Foudji se profilant en gris sur l'horizon aux teintes
rosées. Estampe d'un beau tirage, format oblong. Encadrée
sous verre.

Les tirages recherchés des planches d'Hiroshighè se reconnaissent aisément à la qualité des bleus qui souvent sont d'un ton indigo, lourd et
désagréable. Ici, au contraire, ils ont cette transparence qui aide si bien à
l'effet de perspective cherché par l'artiste, et que nous avons déjà signalée
dans le superbe triptyque : *Les Bords de la Soumida*, sur un précédent
catalogue.

218. Les beautés de la route du Tokaïdo. Suite de 53 planches en
couleur, de format oblong, en un album petit in-4°, cart.
   Beau tirage d'une série fort rare.

219. La porte d'un théâtre. La foule se presse à l'entrée devant les
affiches annonçant la représentation. Scène pleine de mouvement et de variété. Estampe oblongue, d'un bon tirage.

220. Canard mandarin, sur un fond bleu coupé de branches de
roseau. Petite estampe carrée, d'un très joli tirage.

221. Deux estampes de format étroit, en hauteur, représentant,
l'une un petit oiseau au plumage bleu sur une branche de
pivoines en fleurs, l'autre un paon superbe sur un tronc d'arbre.
   Pièces de premier ordre en magnifique tirage.

222. Neuf vues de la route du Tokaïdo. Pièces en grand format
oblong.
   Ces planches sont toutes du plus beau tirage ; les bleus notamment sont
   d'une extrême finesse. Nous signalerons particulièrement un paysage sous
   la neige d'un effet surprenant ; une fête de nuit sur la Soumida, avec le
   grand pont encombré de monde ; une baie avec des pins se détachant en
   noir au premier plan et, dans le fond, un coucher de soleil ; un endroit
   de plaisir près d'un temple, etc.
   Chacune de ces neuf pièces sera vendue séparément.

223. De grands bateaux rouges, aux voiles jaunes et grises, voguent
à l'embouchure d'une rivière. Estampe oblongue, en largeur.

224. Sept planches fameuses représentant des poissons et des crus-
tacés. Grandes pièces oblongues en très beaux tirages ; tous les
tons, les rouges, les bruns aussi bien que les bleus, ont une
vigueur et une transparence exceptionnelles.

225. Les quarante-sept Ronins. Trois planches remarquables, de
format in-4° oblong.
   La traversée du pont par les conjurés. Curieux effet de nuit. — L'arrivée
   devant le palais de Kira.— Les préparatifs de l'assaut avec un superbe effet
   de neige et le groupe des Ronins, d'une vérité d'expressions et d'attitudes
   qui font de cette composition une œuvre particulièrement intéressante.

226. Vue du lac Biwa, entouré de montagnes couvertes de neige.
Belle pièce en grand format oblong.

227. Les beautés de la route du Tokaïdo. Cinq estampes oblongues, d'un beau tirage. Effets de neige, coucher de soleil, etc.
   Ce numéro sera divisé à la vente.

HOKUSAI (1760-1849).

Le plus célèbre des peintres japonais, le plus fécond et le plus puissant.
(Cf. Catalogue Burty, page 130.)

Hokusaï.   Sori.

Hokusaï-Sori.

Hokusaï-Sori. Hokusaï-Sori. Manrodjin.

I-itsou.

I-itsou.
Fou-Sen-Ki.

Tameichi.

Katsoushika
Taito.

Signatures d'Hokusaï.

228. Le pont sur le torrent. Grande estampe oblongue du meilleur style d'Hokusaï. Tout le fond de la planche est à deux tons : noir et gris; seuls les costumes des personnages sont tirés en couleur. Belle pièce.

Sur le pont, trois personnages accoudés; au dessous, dans le torrent, un homme pêche à la nasse; à l'entrée du pont, au premier plan, un groupe de trois jeunes femmes qui jouent avec des enfants.

229. La chevauchée dans la neige. Grande estampe mesurant 0. 50 centimètres de hauteur. Pièce rarissime, un des chefs-d'œuvre d'Hokusaï.

Un cavalier, vu de dos, vient d'arrêter son cheval, dont le mouvement est finement observé et parfaitement rendu. Derrière lui, dans la neige, un piéton vêtu d'un costume en roseaux. Au fond, un grand arbre couvert de neige, vers lequel volètent de petits oiseaux. La coloration de l'estampe en blanc et bleu est du plus admirable effet. Le ciel passe, par une dégradation insensible, du sombre indigo jusqu'au bleu le plus tendre, avec les piquetures de blanc de la neige qui tombe et qui couvre peu à peu le paysage, ne laissant plus, de ci de là, que quelques taches de jaune et de vert, juste ce qui est nécessaire pour mettre en valeur les deux tonalités principales. C'est une des œuvres les plus précieuses d'Hokusaï, une de celles dans lesquelles il s'est montré vraiment grand coloriste.

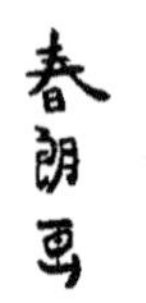

Shounro.   Tokimasa.

Taïto.
Katsoushika.

230. Les rives de la Soumida. Estampe oblongue, d'un coloris léger, avec gaufrures à sec.

Près de la rivière, dont le large estuaire n'est animé que par quelques bateaux, deux jeunes femmes, suivies de leur cheval et de trois porteurs, se promènent.

231. Cinq personnages, sur une terrasse au-dessus de la Soumida. Estampe oblongue, de superbe tirage, avec des gris dégradés, donnant de curieux effets de lointain.

232. Une femme, le haut du corps rejeté en arrière. Curieuse estampe à fond gris, en hauteur. Signée Katsoushika Taïto.

Le dessin, quoique traité en pochade, est très énergique. La robe, avec toute son ornementation, est enlevée à l'encre de Chine en quelques coups de pinceau. C'est un contraste frappant avec les Sourimonos de l'artiste, d'un faire si précieux, d'un fini si achevé, et, à cet égard, la pièce est d'un intérêt tout spécial.

233. Le Foudji rouge, sur un ciel bleu craquelé de blanc. Une des plus belles pièces de la série des *Trente-six Vues*. Estampe oblongue, en beau tirage, à tons vigoureux.

234. Une carpe jouant dans le courant d'une cascade. Admirable estampe, du plus beau style d'Hokusaï.

Pièce de grand format, en hauteur, d'une extrême rareté et d'un très beau tirage. Signée Katsoushika Taïto.

235. Danse guerrière exécutée par deux acteurs de Nô, devant une Cour de personnages en costume chinois. Estampe oblongue, en noir. Rare.

236. Les pêcheuses de coquillages. Deux femmes et deux enfants, sur le bord de la mer. Beau sourimono carré, signé Taïto.

Tirage soigné, avec gaufrures et rehauts métalliques.

237. Le lapin blanc. Curieux sourimono, à tonalité générale blanche et grise.

Le lapin blanc broute sur le sol couvert de neige et, dans le fond, l'hori-

zon s'élève en passant du gris au blanc ; le disque argenté du soleil apparaît
à demi voilé, avec un petit coin de ciel teinté de bleu.

238. La Soumida. Superbe estampe, en format oblong, de la série
des Ronins. Encadrée sous verre.

> Au premier plan, une route jaune au flanc d'une colline boisée. Deux
> femmes en riche costume, l'une armée de deux sabres, la descendent.
> Devant elles, un groupe de portefaix, aux mines cocasses, et derrière, dans
> le haut, un *kago* avec ses porteurs. Sur l'autre rive, un village à toits rou-
> ges, et, à l'horizon, le Foudji. L'épreuve est du plus beau tirage, à tons gras
> et puissants.

239. Une jeune femme, en noir, se retourne vers un jeune homme
qui la regarde en poussant une cloison mobile *(karakami)*. Elle
est à genoux près de sa bibliothèque et interrompue au moment
où elle écrivait sur un makimono. Belle estampe oblongue,
encadrée sous verre.

240. Le cheval rouge. Une des *Trente-six Vues du Foudji*. Estampe oblongue, d'un beau tirage, où les rouges et les verts
dominent. Encadrée sous verre.

> Au premier plan, une route bordée d'eucalyptus au tronc rouge, et ani-
> mée par deux groupes : des *Kagoyé* qui se reposent après avoir déposé
> leur palanquin, et, derrière, un cavalier monté sur un grand cheval rouge.
> Au fond le Foudji.

241. Deux dames de la Cour, en somptueux costumes. L'une
debout, un éventail à la main, l'autre accroupie, coupant des
herbes. Belle pièce à tons éteints ; les rouges et les verts s'har-
monisent avec le fond brun de l'estampe, dans une coloration
qui rappelle celle de certaines vieilles peintures bouddhiques.

242. Le grand canal, avec le Foudji dans le fond. Grande estampe
oblongue, d'un superbe tirage.

> Une des *Trente-six Vues du Foudji*.

243. La danse noble. Grande estampe oblongue, de 0,52 centimètres
de long. Pièce fort rare, d'un bon tirage et en excellent état.

> Une guésha, exécutant la danse de Schidzouka, occupe le milieu de la
> composition. A gauche, trois seigneurs, vus de dos, assistent au spectacle ;
> à droite, l'orchestre composé de quatre femmes accroupies sur un tapis
> rouge, et jouant de divers instruments. Dans le fond, la transparence des
> parois en papier laisse voir l'ombre de trois femmes et, à côté, par l'ou-
> verture d'une large baie, on aperçoit une terrasse dominant un riant
> paysage.

244. Beau Sourimono, signé Tameïchi.

> Une peinture représentant un cheval noir au galop, le masque d'Okamé, une paire de chaussures, un éventail, etc. Rehauts d'or et d'argent et gaufrures.

245. Trois femmes travaillant à leur métier. Sourimono d'un excellent tirage, signé Tameïchi.

> De la série à la coquille, dont chaque pièce porte un petit éventail avec la signature et un coquillage.

246. Les pêcheurs à la ligne. Sur un rivage teinté en rose et déchiqueté par les eaux, six hommes sont occupés à la pêche. Admirable estampe d'un coloris puissant.

247. Le Bac. Le passeur penché sur son aviron, dans un mouvement plein d'énergie, pousse le lourd bateau où sont entassés pêle-mêle une foule d'hommes et de femmes, un cheval, un *kago* avec ses porteurs. Belle estampe oblongue, à tons anciens.

> Indépendamment de sa valeur artistique et de sa rareté, cette pièce est intéressante comme scène de la vie réelle.

248. Duo de flûte et de koto entre un personnage et une dame de la Cour, assis près d'un bouquet d'arbres en fleurs. Beau Sourimono à rehauts d'or et d'argent et à gaufrures. Signé Tameïchi.

249. Les affiches de théâtre. Grande estampe oblongue, à tons rose et vert.

> D'un point de vue pris sur les toits d'une maison, le regard plonge dans une rue où grouille une foule compacte ; les têtes s'élèvent curieuses et charmées vers d'immenses affiches annonçant la brillante représentation du soir, donnant les noms et les armoiries des acteurs aimés du public, le titre de la pièce, et autres belles choses qui se traduisent dans les physionomies des lecteurs, par des impressions manifestes de plaisir. La planche est curieuse et mérite d'être examinée, ne fut-ce que pour le tour de force de perspective dans lequel Hokusaï s'est essayé là, sans avoir, il faut bien le dire, complétement réussi.

250. La promenade le long de la rivière. Grande estampe oblongue, de 0,85 centimètres.

> Belle et rare pièce. Contrairement à son habitude de mettre les personnages au premier plan et le paysage au fond, Hokusaï, dans cette composition, met au premier plan la rivière, avec les barques qui l'animent et, au second plan, la berge, avec ses arbres roses et verts, et plusieurs groupes de promeneurs.

251. Sourimono en hauteur. Sur un terrain en pente, deux jardi-
niers paraissant se soutenir difficilement, malgré l'effort énergique de l'un d'eux. Fond gris, avec quelques sapins.

252. Paysage de mer. Un groupe de porteurs, au bord de la mer,
devant une vague qui déferle. Au fond le Foudji.

Estampe en largeur, signée Hokusaï Sôri. Piqûres de vers.

253. La cueillette des herbes. Estampe oblongue, intéressante pour
les colorations.

254. Occupations du printemps. Scène d'intérieur à cinq personnages ; fond de paysage entrevu à travers la cloison ouverte.
Grand Sourimono en longueur. Signé Sôri.

Pièce fort rare, d'une grande délicatesse de tons.

D'après Hokusaï.

Ecole d'Hokusaï

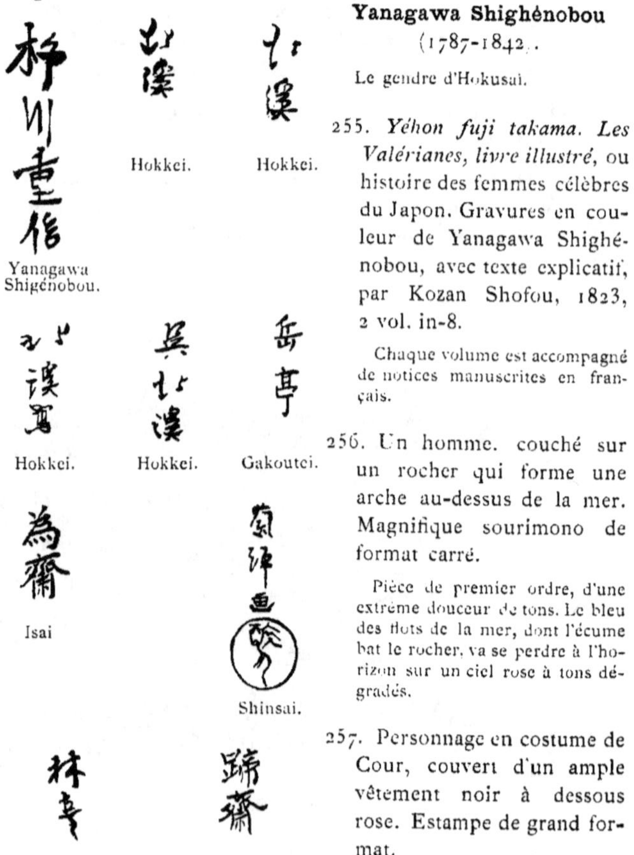

Signatures des élèves d'Hokusaï.

Yanagawa Shighénobou
(1787-1842).

Le gendre d'Hokusaï.

255. *Yéhon fuji takama. Les Valérianes, livre illustré,* ou histoire des femmes célèbres du Japon. Gravures en couleur de Yanagawa Shighénobou, avec texte explicatif, par Kozan Shofou, 1823, 2 vol. in-8.

Chaque volume est accompagné de notices manuscrites en français.

256. Un homme. couché sur un rocher qui forme une arche au-dessus de la mer. Magnifique sourimono de format carré.

Pièce de premier ordre, d'une extrême douceur de tons. Le bleu des flots de la mer, dont l'écume bat le rocher, va se perdre à l'horizon sur un ciel rose à tons dégradés.

257. Personnage en costume de Cour, couvert d'un ample vêtement noir à dessous rose. Estampe de grand format.

Superbe pièce de la Série des *ouroushi-è*. Les tons laqués font ressortir les ornements de la robe en noir sur noir, et le dessin de la coiffure et des chaussures. Très rare.

Hokoujiou.

Hokouyei.

Hokouba.

北
賀

Hokovga.

北
雲

Hokououn.

Hokkei.

Le meilleur élève de Hokusaï

258. Semis d'oiseaux. Une trentaine de petits oiseaux rouges, jaunes et bleus sur un fond blanc. Sourimono carré d'un curieux effet.

259. Le sommet de la tour du temple de Nagoya. Un immense dauphin, aux nageoires argentées, formant un acrotère décoratif sur un des angles supérieurs de la tour, se détache sur le soleil couchant dont le disque, d'un rouge éclatant, occupe presque tout le second plan de la composition. Sourimono carré. Pièce rare.

A comparer avec la planche analogue du *Fougakou Hiak'kei* de Hokusaï.

260. Les pupazzi. Un personnage, vêtu de noir, le visage couvert d'un masque bizarrement fardé, présente une marionnette articulée qui salue le public. Sourimono carré. Beau tirage.

261. Une femme, accroupie près d'un appareil à thé. Sa tête est entourée d'une sorte de large nimbe doré. Sourimono à tons doux, avec rehauts d'or et d'argent.

262. Quatre planches représentant des héros légendaires. Magnifique série à tons de vieille tapisserie. Pièces fort rares, montées sur carton doré.

263. Intérieur princier. Composition rappelant le style de l'école de Tosa. La scène est à deux personnages : un prince accroupi et une jeune femme qui, armée d'un grand couteau, arrange des plantes dans des vases. L'angle de gauche montre l'extérieur du palais, avec un cheval sous un toit couvert de neige. Belle pièce à rehauts d'or et d'argent.

264. La chasse au héron. Deux hommes, tenant un chien en laisse, courent dans la direction d'un héron qui tombe sous les

coups d'un faucon. Le curieux paysage, encadrant cette scène,
se termine par la masse du Foudji au sommet argenté. Estampe
remarquable, d'une fraîcheur de tirage exceptionnelle.

265. Superbe Sourimono. Une robe d'un ton mauve, d'une extrême
délicatesse et décorée de larges feuilles vertes et de gourdes, à
reflets d'argent ; à côté, un grand parasol, un éventail, des étoffes. Admirable tirage.

266. Deux Sourimonos ; l'un représente un lapin dans une cage
sur un grand meuble noir et, au-dessous, un plat blanc, avec
un riche décor ; l'autre un siège, des étoffes, etc.

267. La puce. Une femme jetant une puce dans la rivière se penche sur un pont qui occupe en travers tout le premier plan de
la composition. Elle porte sur son dos un grand cerf-volant
bleu à fleurs blanches, après lequel s'accroche un enfant. Tirage à tons fins, rehaussés d'or et d'argent.

268. Une guésha, en costume de Cour, portant au côté une longue
épée, comme pour exécuter une danse noble, est pendue par un
ruban mauve à un énorme crochet. Curieuse et rare estampe.

269. Scène de légende religieuse. Une déesse, debout sur un nuage
d'or, porte, sur les plis flottants de son long vêtement, un
homme à qui elle tend une coupe qu'il regarde avidement.
De la main gauche, l'homme montre un temple qui se détache
sur le bleu du ciel, au milieu d'un disque argenté. Une longue
passerelle en descend et vient se relier à la scène principale.
Sur les premières marches du temple, on voit trois enfants,
dont l'un tient dans ses bras un lapin blanc. Grande estampe
mesurant 0,40 centimètres en hauteur, tirage en sourimono, avec
gaufrures et rehauts d'argent.

> Rare et belle pièce offrant un curieux mélange du style conventionnel de
> l'école bouddhique avec des personnages qui n'ont rien d'hiératique et qui
> appartiennent en propre à l'*école de la vie*, à l'école *oukiyo-yé*.

Gakoutei.

> Élève d'Hokusaï, et, après Hokkeï, le meilleur peintre de sourimonos.

270. Un des trente-six poètes. Vêtu d'un riche costume de cour, en

superbe étoffe noire à armoiries dorées et argentées, il est assis à sa table de travail. A côté de lui, une pile de livres. Sur le fonds à teintes roses et jaunes, des poésies en caractère hira-kana. Admirable Sourimono, d'une finesse de tons et d'une beauté de tirage remarquables. Encadré sous verre.

271. Deux jeunes femmes, près d'une barrière peinte en noir, de l'autre côté de laquelle on voit une maison. Sourimono.

272. Deux danseurs comiques, se détachant sur une sorte de paravent doré, fond d'armoiries. Sourimono.

273. Une carpe rose, dans une cascade dont elle remonte le courant. Beau sourimono à fond noir.

274. Superbe suite de quatre sourimonos représentant des danseuses, à robes armoriées, sur une terrasse. Au-delà, on voit des arbres et le ciel noir, sur lequel toute la composition se découpe en vigueur. Une bordure rose, ornée de lanternes dans le haut, et d'armoiries dans le bas, complète la décoration de ces quatre pièces. Les mêmes armoiries se répètent sur les lanternes, sur les robes et dans la bordure inférieure. Beau tirage à tons éteints, gaufrures à sec et rehauts métalliques.

275. Un intérieur princier. Sourimono carré, reproduisant une peinture de l'école de Tosa.

276. Un acteur comique dansant et tenant un flacon de couleur rouge. Estampe oblongue, en hauteur, à fond brun ; faussement signée Outamaro.

Shinsaï.

Un des premiers élèves d'Hokusaï.

277. Superbe sourimono carré, représentant une boîte de laque, des pinceaux, un petit Hotei et différents autres objets. Tirage fin à gaufrures et rehauts métalliques.

Keisaï Yeizen.

Surnommé Ikéda ; artiste de l'école populaire, de la seconde moitié du xix° siècle.

278. Portrait de femme en buste. Grande estampe à fond gris, dans le style des Outagawa.

279. Scène de buveurs à trois personnages. Estampe en noir, de
petit format, dans le style d'Hokusaï.

Hokouba.

Élève d'Hokusaï.

280. Estampe carrée. Une jeune femme et un enfant venant de
jardiner. Dessin plein de mouvement, rehaussé de teintes légères.

Hokoujiou.

Élève d'Hokusaï.

281. Paysage traversé par un large fleuve sur lequel est jeté un
grand pont, en dos d'âne, élevé sur des pilotis rouges. Le ciel
est d'une teinte vigoureuse. Estampe oblongue.

L'auteur de cette belle planche fut un des meilleurs élèves d'Hokusaï.
Son *Gwa fou* rivalise avec certains volumes de la *Mangwa*.

Riousai.

282. Deux feuilles de paravent, à fond d'un gris doré, sur lequel
sont peints, d'un côté des fleurs, de l'autre un combat de coqs.
Beau sourimono, de format carré.

Rintei.

École d'Hokusaï.

283. Grand sourimono carré. Une rivière entre deux rives escar-
pées. Au premier plan un grand pont, plus loin un second
pont, dans le fond le Foudji. Le paysage se détache dans un
cadre circulaire entouré d'un ciel rouge, avec des nuages bleus.
Belle pièce et d'un effet très particulier.

Zeishin (Shibata).

Peintre contemporain, célèbre comme décorateur de laques.

284. Une branche de kakis et des châtaignes. Estampe de grand
format, à fond bleu léger.

---

285. Curieuse gravure en noir. Un groupe de six guerriers aper-
cevant une femme agenouillée près d'un torrent.

286. Grande estampe oblongue tirée en sourimono. École d'Hokusaï, du commencement du siècle. Le jeu de balles. Pièce

allégorique. Cinq personnages, la déesse Benten, deux seigneurs de la cour, deux hommes du peuple tiennent chacun un
cordon correspondant à une balle portant une inscription. En
face, une jeune femme, derrière laquelle est un page, tient de
ses deux mains les cinq cordons que les joueurs vont tirer au
hasard. Fond gris.

287. Album de 56 sourimonos, de format oblong, accompagnés
de poésies de dix-sept syllabes (*haï kaï*). En un vol. in-4
oblong, cartonné.

> Belle série de sourimonos oblongs, de sujets très variés, signés des
> noms de Rio saï, Baishou, Shoutei, Han zan, Ko chou, Soui o, Ei saï,
> Sho getsou, Cho soui, Shin sei, Tosen, Shin sen, Ko setsou, Banyou, etc.
> Intéressant recueil comprenant des pièces de premier ordre.

288. Six sourimonos, de très grand format, représentant un tronc
de pêcher avec des branches couvertes de fleurs, des pivoines,
des fruits de kaki, des arbustes et des insectes, par Hokusaï et
ses élèves.

Ouvrages illustrés

Korin (1660-1716).

Un des plus grands artistes du Japon, célèbre par la hardiesse de son dessin, la fertilité de son invention et par les superbes modèles de décoration qu'il a laissés aux laqueurs, aux ciseleurs, aux brodeurs.

289. *Ko rin shin sen yaku dʒu*. Recueil de cent dessins de Korin, 2 vol. gr. in-8, réunis en un, gravures en noir.

Ce recueil a été publié, au commencement de ce siècle, par un groupe d'admirateurs de l'artiste. Les gravures reproduisent des œuvres célèbres de Korin : kakémonos, écrans, éventails, couvercles de laque, robes, objets ciselés, etc.

Haségawa Mitsounobou.

Artiste du xviiie siècle, un des premiers illustrateurs de Meïshos

290. *Ni hon San Kaï meï boutsou dʒu yé*. Description illustrée des produits du sol et de la mer spéciaux à chaque pays, manière de les cultiver et d'en tirer parti, explications sur les industries particulières à chaque région. 1797, 5 vol. in-8, gravures en noir. (Bûcherons, mineurs, forgerons, agriculteurs, pêcheurs).

Les dessins sont de Sho sui ken Haségawa Mitsounobou. — Le *Sankai Meïsho* est un ouvrage à part parmi les Meïshos. Il ne donne pas la description d'une région, mais celle des industries du Japon. Les vues de temples et de bonzeries y sont remplacées par des scènes animées représentant des hommes occupés à toutes sortes de travaux, employés aux mines, aux carrières, à la chasse ou à la pêche.

291. **Haségawa Settan**. *Tôto Sai ʒiki*. Les Fêtes à Yédo, pendant toute l'année. 1838, 5 vol. in-8, grav. en noir, d'un tirage très fin.

Description générale de Yédo, des mœurs, de tout ce qui se passe dans cette ville durant l'année, parties de plaisir, promenades, fêtes patronales, etc. — Settan appartient à l'école populaire. « He lived, dit M. Anderson, in Yedo and devoted his pencil entirely to delineating the noted places and public festivals of the city in emulation of Shunchosai. »

292. Concours artistique et poétique. Choix de dessins et de vers, publiés et gravés par une Société d'artistes. 1786, in-8, gravures en noir.

> Volume tiré à petit nombre, comme souvenir d'un concours entre peintres et poètes faisant partie d'une de ces sociétés littéraires si fort en vogue au xviiie siècle. Au commencement du xixe siècle, ces volumes furent remplacés par les *sourimonos* gravés et tirés à un nombre restreint d'épreuves de choix que les membres des Sociétés d'artistes et de buveurs de thé s'envoyaient en présent.

293. *Shokounin outa awasé.* Les chansons des ouvriers et des artisans. Édition de 1787. Un vol. grand in-8. accompagné de vingt-cinq gravures intéressantes, rehaussées d'un coloris léger, et reproduisant diverses industries : sculpteurs, fabricants de lames de sabres, d'arcs, d'instrumen... de musique, laqueurs, tourneurs, portefaix, etc.

294. **Kokan**, un des peintres les plus populaires de l'école oukiyoyé. *Zim boutsou kousou dzu kousi.* Dessins « au courant du pinceau » représentant des personnes de toutes les conditions et des artisans des divers métiers. Osaka, 1784, in-8, grav. en noir.

> L'illustration, sans être poussée jusqu'à la charge, est traitée en manière comique. Les personnages indiqués en quelques coups de pinceau sont cependant très naturels et très vivants, les mouvements et les expressions bien rendus. Ce volume, fort intéressant, suffit à lui seul pour classer Kokan à un bon rang parmi les peintres satiriques du Japon et les virtuoses du coup de pinceau.

295. *Yé hon yoyoshi monokourabé.* Dessins de comparaison. 1793, 3 vol. in-8, gravures en noir. Explications manuscrites très complètes en français.

> Gravures curieuses, accompagnées de poésies philosophiques et morales.

296. **Gen taï,** école chinoise commencement du xixe siècle. *Gen taï gwa fou.* Recueil de dessins de Gen taï. Un vol. in-8, gravures en noir. Rare.

> Études d'oiseaux, de fleurs et de feuillages.

297. **Hokusaï.** *La Petite Mangwa* de Hokusaï. Recueil de croquis et de dessins. 1843, in-8, gravures à deux tons, noir et gris. Exemplaire avec cinq cachets rouges.

> Ce volume est une sorte de complément des quatorze séries de la *Mangwa*. Il porte le titre : *Peintures tracées avec le gros pinceau*, peut-être pour indiquer qu'il est traité largement, en opposition avec les autres qui sont exécutés au trait. Bon exemplaire de premier tirage.

298. *Yé hon hayabiki*. Modèles de dessin « faciles à trouver », de Hokusaï. 1817, 2 vol. in-8, gravures en noir d'un très bon tirage.

> Ces deux volumes contiennent un nombre énorme de petits croquis finement dessinés, et classés par ordre alphabétique, d'où le titre de l'ouvrage. C'est toute une encyclopédie illustrée, qui suffirait à elle seule à faire apprécier le talent de dessinateur et le génie d'invention de l'immortel auteur de la *Mangwa*.

299. Les héros légendaires du Japon. Série de trente planches, la plupart en format double. Un vol. in-8, gravures en noir.

300. **Hokououn**, élève d'Hokusaï. La Mangwa de Hokououn. Un vol. in-8, cart., gravures en noir.

> Bel exemplaire sur papier fort de ce volume rare que M. Gonse attribue à Hokusaï lui-même. Certaines planches justifient bien cette attribution. On sait, du reste, que Hokououn passe pour avoir été un des collaborateurs d'Hokusaï dans la *Mangwa* du maître.

301. **Hokkei**. Illustrations pour accompagner des poésies à la lune. Un volume in-8, br., gravures en noir. Les poésies occupent le haut des compositions.

302. **Keisai**. Recueil de caricatures coloriées pour illustrer des proverbes. 1808, un album gr. in-8, grav. en couleur.

> Volume rare en très beau tirage sur papier fort. Les gravures d'une grande vigueur de dessin et d'un coloris violent comptent parmi les meilleures et les plus recherchées de ce maître.

303. Recueil de caricatures de Keisai. 1820, un vol. grand in-8, gravures en couleur.

> Exemplaire en excellent tirage sur papier fort. Dessins et coloris de même style que le précédent.

304. Le livre des silhouettes, par Kwa Setsou. Recueil de 68 portraits d'hommes et de femmes en silhouette. Un vol. in-8, cart.

> Exemplaire d'un beau tirage. Chaque portrait se profile en noir sur un fond jaune clair ; à côté se trouve une bande en couleur, portant une poésie. Au dessus, un texte et un petit cadre avec une scène ou un sujet tiré en couleur. Ouvrage fort rare tiré à petit nombre, pour une Société de poètes ou de *tcha-jins*.

305. Recueil de dessins, par divers artistes de l'école de Yédo, avec des poésies reproduites en fac-similé, d'après les autographes des poètes. 2 vol. in-8, gravures en couleur.

3o6. Paysages célèbres du Japon. Estampes en couleur, accompagnées d'un texte explicatif. Un album in-4, cart.

3o7. Les vêtements et les meubles en usage à la Cour. Collection de planches, accompagnées d'un texte explicatif, et représentant des robes, des coiffures, des chaussures, des étoffes, des vases en porcelaine et en laque, des peignes, des miroirs, des parasols, des sièges, des boîtes, une boussole, des ustensiles de cuisine et des objets de toute nature. En 2 vol. in-4, couvertures en étoffe brochée d'or.

> Toutes les planches sont finement coloriées à la main, et constituent une véritable encyclopédie du mobilier et de l'habillement japonais.

3o8. Papillons, insectes et plantes. Série de douze planches en couleur, de format oblong, accompagnées d'un texte explicatif. Un vol. in-8, cart.

> Planches d'un tirage remarquable. Volume rare.

3o9. Études de fleurs et d'oiseaux. Gravures en noir, au trait. Un album in-4, cart.

310. Plantes décoratives du Japon, dessinées au trait et gravées en noir, avec un texte explicatif. 3 vol. gr. in-8.

> Les planches, exécutées avec un grand soin, donnent, en quelque sorte, l'anatomie de la plante et de son feuillage. C'est un de ces manuels de dessin que les artistes japonais étudient à fond et s'assimilent avant d'exécuter, à grands coups de pinceau, ces planches qui font l'admiration des amateurs japonais et l'étonnement des Européens par leur hardiesse de touche et par la science dont elles témoignent.

311. Modèles pour écrans, éventails et boîtes de laque. Joli album moderne de planches en couleur. Petit in-8, cart.

> Grande variété de sujets et de modèles décoratifs, personnages historiques et légendaires, objets divers, paysages, scènes, etc.

312. **Ko cho.** *Soui-oun riakou gwa.* Ébauches variées. Recueil de dessins et de caricatures par Ko cho, 185o. 1 vol. in-4, gravures teintées.

> Intéressant spécimen de cette école naturaliste moderne qui, en deux coups de pinceau, donne la sensation d'un personnage, d'un mouvement et dont les œuvres témoignent, dans leur bizarrerie voulue, d'une profonde connaissance du dessin et d'une patiente observation de la nature.

313. Sen-saï Ei-takou, artiste contemporain. Recueil de dessins. 1881, 1 vol. in-8, grav. en noir.

> Personnages historiques et légendaires, animaux et plantes, dessins pour cuirs et étoffes, les sujets les plus variés se rencontrent dans ce volume d'un artiste fort habile.

314. Charmant album d'aquarelles, composé de quarante six planches, en un volume in-4 oblong, cartonné.

> Ces aquarelles sur papier sont d'une touche légère et d'une grande sûreté de dessin. Quelques-unes seulement sont rehaussées de tons gouachés. — Fleurs et fruits; insectes, oiseaux et poissons; arbres et paysages; une grappe de raisins d'une extrême habileté d'exécution.

315. Un rouleau de papier japonais. Une vingtaine de grandes feuilles de papier fort en qualité supérieure.

Les sept dieux du bonheur, d'après Korin (n° 289 du Catalogue).

Pièces de Collection

316. Partie supérieure d'une cantine, de forme hémisphérique, fond vert à médaillons et treillis ajouré, signé Tanzan.

317. Piton sur piédouche, décor d'émaux polychromes. Koutani.

318. Vase noir, avec anses, décor de feuilles de vigne et de raisin. Cachet.

319. Personnage en terre brune.

320. Une main sur laquelle joue un diablotin. Terre de Bizen.

321. Ganna-Sennin, le Saint tenant la grenouille à trois pattes. Terre cuite de Foukakousa.

322. Bouteille à trois faces, décor de médaillons sur fond de bâtons rompus. Grès de Hizen.

323. Vase applique représentant un des sept sages de la forêt de bambous. Terre de Bizen.

324. Presse papier, décor chinois (porcelaine).

325. Personnage dans une masse de bois.

326. Bol à bords dentelés, décor bleu sur engobe blanc.

327. Bol à fond noir, décor de chrysanthèmes et de feuillage. Kioto.

328. Assiette, décor de papillons.

329. Bol campanulé, décoré extérieurement d'une frise à médaillons dorés. Signé Heirakou.

33o. Brûle-parfums sphérique, couvercle ajouré, décor bleu, dit
   décor aux enfants chinois.

331. Bouteille périforme à couverte jaune rugueuse, signée Kiseto.

332. Bol, décor de branchages et d'émaux verts et bleus sur fond
   craquelé. Kioto.

333. Bol très ouvert, décor de médaillons, fleurs et branchages
   sur fond quadrillé rouge. Koutani.

334. Théière, avec décor de fleurs émail vert et blanc. Banko.

335. Bol, porcelaine, décor bleu. Kioto.

336. Bol, décor doré sur fond rouge. Signé : Daï Nippon Koutani
   Seï.

337. Bronze, un lapin.

338. Sabre japonais, provenant de la vente Burty.

33g. Un lot de masques anciens qui seront vendus séparément.

TABLE ALPHABÉTIQUE

	Pages		Pages
École Bouddhique	1	Mitsounobou	57
École de Tosa	3	Moronobou	6
École de Kano	4	Les Okoumoura	9
École Chinoise	4	Osaka (École d')	42
École Oukiyo-yé	5	Les Outagawa	19 et 35
Bountscho	17	Outamaro	29
Foudjinobou	18	Ouvrages illustrés	57
Gakoutei	54	Les Paysagistes	44
Gentai	58	Rintei	55
Les Hanabousa	10	Rioukosaï	43
Harounobou	11	Riousaï	55
Hidémaro	33	Riousho	24
Hiroshighé	44	Sensaï Eitakou	61
Hokkei	52 et 59	Settan	57
Hokouba	55	Sharakou	28
Hokoujiou	55	Shighémasa	27
Hokoukei	43	Shighénobou	51
Hokououn	59	Shikimaro	33
Hokoushiou	43	Shiko	33
Hokusaï	46 et 58	Shinsaï	54
Hokusaï (École d')	51	Shouniyei	21
Les Ishikawa	10	Shounko	22
Itcho	10	Shounman	23
Les Katsoukawa	20	Shounsen	24
Keisai	59	Shounsho	20
Les Kitao	27	Shountei	22
Kiyohiro	8	Shountsho	26
Kiyomassou	7	Shounzan	22
Kiyominé	17	Tchoki	29
Kiyomitsou	8	Les premiers Tori-i	7
Kiyonaga	15	Les derniers Tori-i	15
Kiyonobou	7	Les Torii (École des)	9
Kiyotsouné	8	Toshinobou	9
Kocho	60	Toyoharou	19
Kokan	58	Toyohiro	20
Korin	57	Toyokouni	35
Koriousaï	18	Toyomarou	27
Kouni-akira	43	Toyonobou	10
Kounimassa	42	Tsoukimaro	32
Kounimitzou	42	Yeishi	24
Kounisada	39	Yeishin	26
Kounitora	41	Yeisho	25
Kouniyasou	43	Yeizan	33
Kouniyoshi	40	Yeizen (Keisaï)	55
Massanobou	9	Zeishin	55

Le Puy, imprimerie Marchessou fils, boulevard Saint-Laurent, 23.